そして、君のいない九月がくる
天沢夏月

Design／カマベヨシヒコ

そして、君のいない九月がくる

天沢夏月

第一部

ドッペルゲンガー

1、世界五分前仮説

——その夏、ケイタが死んだ。


世界五分前仮説というものがある。

わたしたちが——たとえば、高校二年の夏休みを目前にしたわたしが、十六年と少し生きてきた——と思い込んでいるこの世界は、実はつい五分前にできたものです、と言われたとする。なにをばかな、おまえがたった今十六年と少しと言ったではないか、という反論はごもっとも。しかし、そういう記憶もまた五分前に作られたものかもしれないので否定にはならない——というちょっと屁《へ》理屈っぽい説のことだ。

「結城《ゆうき》恵太《けいた》くんが、亡くなりました」

担任の教師の言葉を、わたしは茫然《ぼうぜん》と聞いていた。

そして、なぜか世界五分前仮説の話を思い出した。その話をわたしにしてくれたのは、ケイタだった。聞いた当時は、理解はできたけれど受け入れることはできなかった。小さい頃から姉弟同然に育ってきたケイタの存在が、五分前にわたしの記憶に焼きつけられたような、そんなお手軽なものであるはずがない。

でも今は、あの話を受け入れることができそうな気がする。

ひょっとすると、ケイタなんて人間は最初からいなかったのかもしれない。世界はつい五分前に作られて、その設定の一環としてケイタという人間は存在したけれど、なんらかの都合で死んだことにされたのかもしれない。神様の気まぐれで。

その方が、よっぽど納得がいきそうだった。ケイタが死んだ。信じられなかった。わたしの中の、十六年と少しの記憶の半分くらいには、いつもケイタの顔がある。思春期で心が色気づいてからは、そのちっぽけな胸の器の半分くらいも、ずっとケイタで埋まっていた。わたしの半分は、ケイタでできている。だからケイタが死ぬということは、わたしが半分死ぬということなんだ。

その日、わたしは半分死んだ。

世界が五分前にできたことを誰も否定できないけれど、ケイタの死は、現場証拠と、最新科学と、お葬式という儀式によって、これ以上ないくらいに証明されてしまったから。

＊

ケイタが行方不明になったのは、双町《ふたまち》高校の夏休みが始まる五日前だった。

七月十六日。木曜日。その日付を、わたしはよく覚えている。所属している陸上部のジャージを失《な》くしたと、気づいた日だから。

「へえー。ミホでもモノ失くしたりするんだ」

同じ陸上部のシュンが、学校のジャージ姿で朝練に臨むわたしを見て、目をすぼめた。

「珍しいな。ミホって物持ちいいイメージだけど」

地面に座り、足を広げて、ぐぐぐ、と上半身を倒しながら答える。

「うーん。どこで失くしたんだろ……昨日の夜、ジャージ着て走りにいったのは覚えてるん、だけ、どっ」

硬い体をウンウン言いながら倒そうとしていたら、シュンが背中を押してくれた。

いたたたた。

「走るって……自主練？」

「っていうか、うーん……ムシャクシャすると走りたくならない？」

シュンが察したように苦笑いする。

「そういやあいつ、今日来てないな」

シュンの声音が微妙に強張《こわば》ったので、誰のことかすぐわかった。最近シュンはケイタと口をきいていない。

「そっちの方が珍しいよね。ケイタが朝練来ないなんて」

ケイタも陸上部で、わたしが柔軟で唸《うな》っているといつもはケイタが背中を押してくれる。

「あいつ、なんか言ってた？」

「メールとか？　ううん、なんにも」

わたしは首を横に振った。ケイタはなにかあるときはだいたいわたしに言伝《ことづて》を頼むけれど、今回はまだ何も言われていない。

「風邪かね？」

シュンが言うのに、わたしは曖昧にうなずく。

そのときはまだ、それくらいにしか思っていなかった。

ところが十七日。朝のホームルームで、ケイタが行方不明になっていることが担任の先生から知らされた。十五日の夜から家に帰っておらず、連絡もつかないとのこと。自宅に携帯電話を残していっているそうだ。さすがに胸騒ぎがした。

休み時間に、一組でいつものメンツで集まった。わたし、リノ、タイキとシュン。いつもならここにケイタもいる。一年三組のときからの、いわゆるトモダチグループだ。

「どうしたんだろうな、ケイタ」シュンの机に座り込んだタイキが窓の外を眺めながら言った。「家出ってガラじゃねえ気がするけど」

バレーボール部のタイキは背が高くて、そうやって遠くの方を眺めているとそれだけでなんだか絵になる。

「なんか大犯罪に巻き込まれてたりして、な」

おどけた口調だったけれど、その横顔は笑っていなかった。

「冗談でもやめてよ」

わたしはつぶやいて、自分の携帯を握りしめる。ケイタに繋《つな》がらなくなったそれは、壊れたわけでもないのに急に機能の半分を失ってしまったみたいに心もとない。

「家出だとしたら、携帯わざと置いていったのかな」

と、シュンが言う。

「忘れたんじゃね？　あいつ、けっこう抜けてるトコあるじゃん」

と、タイキ。

「それか、やっぱり誘拐とか」

「ケイタを誘拐してなんの得があるんだよ。別に御曹司ってわけでもないだろ」

「じゃあなんでいなくなったんだよ」

「それは……」

「捜索届け出してるんでしょ？　遠くまで行ってなければ、すぐ見つかると思う」

静かな声でシュンとタイキの会話に割り込んだのは、リノだった。わたしとケイタとは中学時代からの付き合いだけど、今回みたいなことは初めてだから、顔に出てる以上に動揺はしていると思う。

「まあ、約束フイにするようなやつじゃないし、夏休みまでには戻ってくるよな……キャンプ、あいつが言いだしっぺなんだしさ」

シュンは自分の椅子に寄り掛かって、微妙に唇を尖《とが》らせてそう言った。でも、わたしとシュンは、ケイタが陸上部の練習をすっぽかすようなやつじゃないことも知っている。夏には大事な試合だって控えているのに。ケイタは１００ｍでインターハイへの出場が決まっているのだ。

「キャンプか……」

タイキが少しだけ遠くを見るような目になった。

――夏休みさ、どっか行こうよ。みんなで。おれ、キャンプしたい。

言い出したのは、確かにケイタだった。

――おまえインターハイあるだろ。練習は？　合宿とか。

タイキがそんなふうに訊《き》いていたのを覚えている。

――ヒマ作るよ。来年は受験だし、今年行っとかないと。あ、でも確かに時間はないからプランはタイキに任せる。

ケイタはにこっとしてそう言い、ちゃっかり計画を丸投げしてしまったのだ。タイキは苦笑いしつつも、しょうがねーなと引き受けていた。

星が見えるところまで行こうという話だった。ケイタは両親が多忙でろくに旅行したことがなく、満天の星空を見たことがないらしい。

都会の夜空は、夏の大三角だって怪しい。もっと人が少なくて、光も少なくて、静かで暗くて隔絶された場所。山の上。森の中。タイキは自分だってバレーボールの練習で忙しいくせに、色々調べてプランを考えてくれた。ケイタはとても楽しみにしていて、六月から準備の買い物に付き合わされていたわたしはそれをよく知っている。

「戻ってくるよ、ケイタは。必ず」

タイキがみんなを安心させるように言った。

わたしはうなずいた。ケイタは昔から、ときどき突拍子もないことをするのだ。でもこんなふうに人に心配をかけるようなことは初めてだから、後で叱ってやらなくちゃ。

――けれど、十九日の夜。

わたしたちの思いを知るよしもなく、ケイタは死んだ。

＊

死体が見つかったのは、烏《からす》蝶山《ちょうやま》という山の、深い森の中だった。

キャンプで行く予定になっていた山だと気づいたのはタイキに指摘されてからで、とても偶然とは思えなかったけれど、理由は誰にも――タイキにだってわからなかった。だって、遠い。あまりに、遠い。どうしてそんなところまで行って、死んだの？

崖からの転落死らしい。自殺の線もなくはなかったが、現場の状況から見るに単純に足を踏み外して落ちたのだろうとのことだった。ケイタらしからぬ死に方だと思った。死なんて理不尽なものだから、きっと誰だって〝らしい〟死に方なんて選べはしないのだろうけれど。

「ミホ」

リノの呼ぶ声がする。

ケイタのお葬式にはたくさんの学生が参列した。友だちの多いやつだとは知っていたけれど、本当に呆《あき》れるくらい多かった。男の子も、女の子も。小さな幼稚園児も、大学生くらいのお兄さんも、みんな泣いていた。顔ぶれだけなら、卒業式っぽかったかもしれない。でもみんな喪服だったし、檀上にあるのは式辞を述べるマイクではなく真っ白なケイタのお棺だった。

ケイタの顔は穏やかだった。そういうふうに、作られた顔なのかもしれない。よく知らないけれど。笑ってるふうに見える。でもおとなし過ぎるし青白過ぎる。ケイタには似合わない。あいつはもっとイタズラっぽく笑うし、いつだって小麦色に焼けていた。

……涙が出てこない。

「ミホ」

まるで睨《にら》むみたいにケイタの顔を見ていたら、リノに声をかけられた。わたしが立ち止まっているせいで後ろがつっかえていたのだ。わたしは枕花をケイタの組まれた手に押しつけるみたいにしてさっと手を引っ込めた。一瞬触れたケイタの手の甲は、氷でできているみたいに冷たかった。怖かった。悲しいというよりも。目の前のそれを、ケイタだと認めるのが怖かった。

出棺の後、火葬場には入らなかった。わたしはケイタとは本当に長い付き合いだったから、一緒にどうぞと親族の方に声をかけられていたけれど、断った。見送るなんて、無理。吐いてしまう。絶対、無理。

それでも古い火葬場の煙突から立ち昇る煙をぼーっと眺めて、結局吐いた。ハンカチを鼻に押し当てたリノがずっと背中をさすってくれていた。一緒にきたタイキとシュンは、煙を見てもなにも言わなかった。タイキは葬儀の前後からずっとろくにしゃべれないわたしたち三人の代わりに挨拶とかしてくれていて、大人だった。シュンは顔の筋肉にクセがついてしまうんじゃないかって心配になるくらい、しかめっつらなのに、涙をこらえられていなかった。吐くことしかできない自分が一番みじめで、カッコ悪くて、そういうのを笑うのはケイタの役目なのに、その笑い声がしないのが不思議で、また吐いた。体がおかしくなってしまったみたい。涙の代わりに胃液が出るんだ。食べ物なんて、ここ数日ろくに喉を通っていない。

「キャンプは、ナシだね……」

リノがぽつりと言った。

誰も否定しなかった。

「……帰ろう。ここにいると、みんなつらそうだ」

タイキが言って、わたしたちは火葬場を後にした。

そうして、今年の夏休みは、最悪の始まり方をした。

*

蟬《せみ》の鳴き声が聞こえる。みーんみーん、じー、じー。みんみん鳴くのがミンミンゼミだっけ。よく知らない。ツクツクボウシはすぐわかるけど、あれが鳴くのは夏休みの終わり頃だ。

ケイタの葬儀から二日。もう二日も過ぎてしまった。そう言われてみると早いようで、しかしいざ現実を見てみると時間の歩みは遅々として進まない。なにもしていないからだ。ケイタの葬儀以来、わたしは一歩も家を出ていない。だらり、と和室の畳に寝そべって身じろぎしないわたしを、しかし今年ばかりは両親も咎《とが》めなかった。ケイタのことは親もよく知っていたし、葬儀にだって出ている。ついさっき買い物に出かけて、一緒にくるかと誘ってくれたけれど、どうせ出かけてもなにも目に入らないと思って、わたしは家に一人残るのを選んだ。静かだ。扇風機の駆動音と、どこかの軒先の風鈴の音色と、蝉の鳴き声の他には、たまに家の前を通りすがる子供たちの楽しそうな笑い声しか聞こえない。

窓の外で蝉がバタバタいっていた。しばらくして静かになる。死んだ？　軽い気持ちでそう考えて、それからはっとする。

死。

ケイタ。

まだ信じられない。

もう二日も経《た》つのに。

ケイタとは幼馴染《おさななじみ》だった。幼稚園は違ったけれど、家はそこそこ近くて、その頃からよく遊んでいた。きっかけはあまり覚えていない。ケイタはいつもふらっと現れて、ふらっと帰っていく子供だった。だからたぶん、ふらっと仲良くなったんだと思う。

小学校に上がって同じクラスになって、低学年くらいまでは一緒に登校もしていた。ケイタはその頃から足が速くて、やんちゃで、怖いもの知らずな男の子だった。同い年で、誕生日はわたしの方が遅いけど、弟って感じだった。高い木に登ったり、プールに飛び込んだりするので、よく注意した。

「あぶないよー、ケイター。またせんせーに怒られるよー」

「へーきへーき。ミホもこいよー。気持ちいーぞぉー」

「……いーけないんだーいけないんだーせんせーにいってヤロー」

わたしがむすっとして先生に言いつけにいこうとすると、するするっと下りてきて「ごめんもうしない」とか言う。そのくせ、翌日にはケロッとして同じ木に登っていて、わたしは在学中に同じ注意を何十回繰り返したかわからない。

中学に上がってからはそんなケイタのやんちゃも少し落ち着いて、その情熱は主に部活動へと向いていった。同じ陸上部に入ったのはたまたま。わたしはぱっとしなかったけど、ケイタはスプリントのエースで、その頃からわたしはケイタのことを男の子として少し意識するようになった。手足がすらっと細くて、でものっぽってわけでもなくて、少しクセのある黒いねこっ毛と、いつもイタズラげな二重の瞳と、笑うとふっと浮かぶ女の子みたいなえくぼ。でもやることは（やんちゃが落ち着いたとはいえ）まるっきり絵に描いたような男の子だったし、足も速くて人好きのする性格だったから、女の子にもよくモテた。わたしはちょっとおもしろくなかった。ケイタが他の女の子としゃべってると不機嫌になった。ケイタはけっこう甘えん坊だから、わたしが冷たくするとすぐにオロオロするんだ。オロオロされるとすぐに許しちゃうわたしもどうかと思うけれど。

高校に入ってからは、五月の遠足のときの班で一緒になった五人でよくつるむようになって、今みたいな関係が生まれた。イタズラ好きのケイタは、ノリのいいタイキと気が合って、よく絡んでいた。ちょっとだけ、ケイタが遠くなった気もしたけれど、五人でいるのは本当に楽しくて、だから不満なんて微塵《みじん》もなかった……。

家にはケイタと撮った写真がたくさんある。学校行事とか、ケイタはいつも一人だった。親御さんはとても忙しいらしくて、授業参観にも、運動会にも、学芸会にも来なかったし、中学に上がっても、体育祭にも文化祭にも来なかった。だからだいたい、ケイタの写真はうちの親が撮った。必然、そこにはわたしも写った。うちにはケイタの写真がたくさんある。葬儀の遺影はうちから出したくらいだ。ケイタの親の顔を、わたしは葬儀で初めて見かけた。一度も会ったことがなかったので、いまいち実感が湧かなかったのを覚えている……。

みほー。

わたしはぱっと玄関の方を振り向いた。今、誰か呼んだ？　黙っていると、十秒くらいしてまた、みほーと呼ぶ声がする。なんでチャイム鳴らさないんだろう。インターホン、ついているはずだけど。っていうか誰……？

自分の名前を呼んでるんだから出ないと、という気持ちと、チャイムを鳴らさずに名前を呼ぶ不審者への警戒心がしばし争い、後者が勝った。わたしは居留守を決意して、再びぐたっと畳の上に突っ伏す。

みほー。

今度は少し大きな声になった。壁越しなのでくぐもっているけれど、わかる。男声だ。わたしは顔をしかめてもう一度上半身を持ち上げた。ケータイを確認してみる。タイキか、シュンかと思ったのだ。でもメールも、電話も、きていない。じゃあ誰……？

インターホンのモニターのところへ行って、画面を覗《のぞ》き込んだ。……誰も映っていない。イタズラ？　ピンポンダッシュならぬ点呼ダッシュとは斬新な……と思ったところでまたみほーが聞こえ、わたしは文字通りびくっと飛び退《すさ》った。

「……はい？」

おそるおそるマイクに向かって声を発した。すると確かに誰かの息遣いが聞こえて、それから小さな声がした。

「……ミホ？」

その瞬間。

音が、消えた。

蝉の声も。扇風機の駆動音も。子供たちの笑い声も。

わたしは目を見開いたまま、凍りついたように固まっていた。瞳孔が開き切っているんじゃないかってくらい、目がチカチカして、目の前がぐにゃりと歪《ゆが》んで見えた。

その声を、わたしは知っていた。

窓の外で、死んだと思っていた蝉がバタバタ動き出した。わたしの中の半分が、突然息を吹き返したみたいに。

ばっと踵《きびす》を返すと、わたしは玄関に向かって突進した。ロックを解除して、ドアチェーンを引きちぎるみたいに外した。

扉を開ける。

まぶしい夏の日差しが目を焼いて、一瞬世界が真っ白に染まる。

とっさに掲げた二の腕の向こうに、細い人影が見えた。

息が止まった。

蜃気楼《しんきろう》みたいに、陽炎《かげろう》に揺らいで見える。

黒いくせっ毛。細い手足。凜々《りり》しい二重瞼《まぶた》。

「……ウソ」

顔を上げた彼が、少しだけ笑うと、頬に小さくえくぼが浮かんだ。熱い夏の日差しに淡く溶けるかき氷の一粒みたいな、儚《はかな》い笑み。まるで五分前に生まれたみたいに、どこかぎこちない顔。

それでも、間違いない。

わたしはこの顔を、とてもよく知っている。

「……ケイタ?」

玄関の外へ、一歩踏み出した足が、危なっかしくフラついた。

「やあ」

と、少年は軽い調子で手を上げた。

2、ケイ

死んだはずのケイタが目の前に立っているのを見たとき、まず最初に感じたのは恐怖だった。懐かしさでも、嬉《うれ》しさでもない。不気味さと、違和感の入り交じった灰色の感情。頭の隅で誰かが冷静に「ケイタじゃない」と言い、思考の中のわたしもそれをぼんやりと肯定した。ケイタなはずがない。ケイタは、死んだのだ。

「ケイタ……なの？」

それでもそう訊かずにいられなかったのは、一抹の希望、というやつだったのだろう。

彼は、少しだけ困ったような顔をした。ケイタの顔なのに、それは見たことのない表情で、それでわたしはほとんど答えを聞いてしまったような感じがした。

「はんぶんだけ」

と奇妙な答えが返ってきた。

「はんぶん？」

少し、迷うようなそぶりがあった。

「僕は、どうやらドッペルゲンガーみたいなんだ」

わたしは、半開きの自分の口から、空気の漏れるような変な声が出るのを聞いた。ドッペルゲンガー？　見ると不幸になるとか、死ぬとかいうアレ？　この世界には三人、自分とそっくりの人間がいるらしいけれど、その一人だとでも言うの？

「……なに、言ってるの？」

わたしの声は震えている。

「幽霊ってこと？」

幽霊の方がよっぽど突拍子もなかったけれど、どちらかと言えばそっちの方が納得できそうではあった。

「そうかも。厳密には違うと思うけれど」

わたしは思わず彼の足元を見る。足。ある。透けてもいない。影だってある。でも考えてみれば、インターホンのモニターに映らなかった。

じーわじーわと蟬が鳴いている。夏の炎天下にさらされた肌に、じんわりと汗がにじんでいく。それは果たして暑さのせいだけだろうかとわたしは混乱する頭でぼんやり考えた。少年はじっとわたしの反応をうかがっていた。

「……触ってみても、いい？」

彼がうなずいたので、わたしはそろそろと手を伸ばした。髪の毛を触ろうとしたのは、昔よくケイタのそれを触っていたからだ。クセがあるのにすーっと指が通る、細い髪の毛。気持ちよくて、小学生の頃はよく指を絡めていた。

ある意味、そのときのようにすーっと指が通った——髪の毛はおろか、頭蓋すらも貫通して。

「ひっ」

わたしはびくっと手を引っ込めた。

触れない。実体が、ない。

彼がどこか悲しげに微笑《ほほえ》んで、自分の両手を見つめた。

「少し前までは、実体あったんだけどね。わけあって今はなんにも触れない。どうやら姿が見える人も、ほんのわずかみたいなんだ」

じーわじーわと蟬が鳴いている。

ケイタの死のショックのあまり、わたしはついに頭がおかしくなったのだろうか。目の前に、ケイタがいる。でもまるでケイタと違う言葉づかいをして（ケイタは

「僕」なんて言わない）、その体には実体がなく、大概の人には見えないなどとのたまっている。夢でも見ているんだろうか。真夏の夢。白昼夢。あるいは幻覚……。急に暑いところへ出たせいか、それとも目の前のことに頭がついていかないせいか、目の前がクラクラしてきた。それさえも夢なのか、わからない。

「夢ではないよ。念のために言っておくけれど」

　彼が言うのが聞こえた。

「ケイタが死んで、キミがショックを受けているのは理解している。こんなときに僕が現れたって、混乱させるだけだともわかっている。それでも敢《あ》えてここへ来たのは、キミに頼みたいことがあるからだ。僕のことは幽霊でもいいけれど〝夢〟では片付けないでほしい」

　わたしはぼーっとしたまま、少しだけ、彼に焦点を合わせた。触れない前髪の隙間から覗く二重瞼の瞳が、真剣な眼差《まなざ》しでじっとこっちを見ていた。

「ミホ、キミに見つけてほしいものがある」

「……見つけてほしいもの？」

　そのとき、ケイタ――のドッペルゲンガーと名乗る彼の顔に浮かんだのは、なんとも言えない淡い感情だった。

「ケイタの最後の願いだ。僕にはかなえられない」

聞き終わる前に、目の前がチカチカして、わたしは意識を失った。

＊

目を覚ますと、リノのポーカーフェイスが覗き込んでいた。

「あ、起きた」

「わっ」

びっくりして飛び起きる。なんでリノ？

周りを見渡すと、見慣れた自宅の和室だった。ついさっきまで、ゴロゴロしていた畳の上。古い扇風機がブロロロロと音を立てている。どこかの軒先で小さく風鈴が鳴っている。蝉がじーわじーわと鳴いている。……狐《きつね》にでも、化かされた、ような。

「……夢？」

「たぶん違うわよ」

と、リノが眉一つ動かさず言った。

「ミホ、ぶっ倒れたのよ。冷房病かもね。ここんとこずっと家引きこもってたでしょ。

急な温度変化で頭がくらっときたのよ、きっと」

「ぶっ倒れた……」

そういえば、頭の側面がずきずきと痛む。触ってみると、大きなタンコブができている。

「リノ、なんでここにいるの？」

こぶをさすりながら訊くと、無表情だったリノの眉間に、少しだけしわが寄った。

「あいつが知らせにきたから。ミホがぶっ倒れたって」

「あいつ……？」

リノはわたしの真後ろを指差す。

恐る恐る振り向くと、椅子に腰かけた少年の、静かな瞳と目が合った。

「わっ」

わたしは再び飛び退いた。

ケイタが――いや、ケイタではないのだったか。ドッペルゲンガーの少年が、静かに佇《たたず》んでいた。

ケイと呼んでくれ、と少年は言った。ケイタと、ケイ。ややこしい。

わたしが倒れてすぐ、ケイはリノを呼びにいったらしい。わたしの家から一番近いのは言うまでもなくケイタの家だったけれど、同じ学区に属するリノの家もその次くらいに近い。ケイはわたしに触れなくて、自分では助けられなかったから、リノを呼びにいってくれたのだ。リノにも、ケイが見えるらしい。どうやら生前ケイタと親しかった人間ほど、僕が見えるようだとケイは語った。

「心臓止まるかと思ったけどね。ケイタの顔がすっと壁突き抜けてきたから」

リノはそのときの光景を思い出したみたいに、身を震わせた。

「悲鳴あげちゃったし。でもお母さんには見えないし。ケイタのドッペルゲンガーだとか名乗るし。ミホがミホがってうるさいからついてってみれば、ミホがぶっ倒れてるし」

「すいません……」

「まあ、よかったわよ。変なところ打ってなかったみたいで」

それで、とリノの視線がすーっとスライドする。

「アンタは、なんなの？」

アンタ呼ばわりされたのは、もちろんケイだ。「ケイタのドッペルゲンガー」と真顔で答える。

「そうじゃなくて」

リノは少し苛立《いらだ》ったみたいに語気を強める。

けれど、その後が続かないみたいだった。適切な表現を探すみたいに、口をパクパクさせている。珍しい。いつも理論整然として博識なリノが、正しい言葉を見つけられないのは。でも、わかるような気もする。ケイ、と名乗る目の前の少年が——ドッペルゲンガーなのかどうかはさておき——奇妙な存在であるのは、もうわかっている。わたしも、リノも。でも、理解したわけじゃないし、受け入れたわけじゃ断じてない。だから問いたくなる。きみはなんなの？　と。

「要するにケイタなの？」

苦し紛れにリノが口にしたのは、やや乱暴な結論だった。でも、わたしも訊きたかったことだ。ケイは、ケイタなのか。彼の言うドッペルゲンガーというものが、わたしたちにはいまいちわからない。

「違う」

とケイは短く答えてから、首を横に振った。

「いや。違うものになってしまった、と言うべきなのかな」

「なにそれ」

確信があるわけじゃないけど、とケイは前置きする。

「たぶん、僕たちの存在は、鏡の虚像みたいなものなんだ。本来なら、そっくりそのまま映った本人を真似《まね》て、彼らに成りすます……そういうものとして、僕はケイタの死の間際に生まれた」

だけど、とケイは寂しげになる。

「映る本人がいなくなってしまって、鏡の中の僕は、なにを真似たらいいかわからなくなってしまった。虚像でいる間は虚像であることに無自覚でいられたのに、気づかされてしまったんだ。だから僕はケイタではなく、ケイになった」

ケイは自分の手を見つめている。

「虚像っていうのは、本人が映って初めて存在できる。今の僕は、もはや存在するはずのない幻の虚像だ。そのせいなんだろうね、どんどん存在が薄れていくんだ。実体を失ったのもそう。見える人が減っていくのもそう。オリジナルの記憶だって、どんどん消えている……」

「あれ、ちょっと待って」

とわたしは口をはさんだ。

「あなたは、ケイタの記憶を持っているの？」

「持ってるよ。だからキミや、リノのことも知っていた。もっとも、今はだいぶ虫食い状態だけどね」

その訂正は、ほとんど聞いていなかった。飛びつくように訊いた。

「じゃあ、ケイタがどうして一人であんなところへ行こうとしたのか、知ってる？」

びく、とリノが身じろぎした。

ケイの表情が、わずかに曇った。

「……すまない。本当なら、すべて知っていたはずなんだけど」

わたしは自分のこぶをさすりながら、ウウンアリガトウと小さな声で礼を言う。知ったところでケイタが生き返るわけでもないけれど。それでもわたしは、ケイタがなにを思って、なにをしようとして、あの場所へ向かったのか、知りたかった……。

「それで、結局アンタは私たちにどうしてほしいの？」

リノが話を戻した。声が苛立っている。これも珍しいことだった。リノは普段からクールで、感情を表に出すことなんて滅多にないのに。

「ケイタの最後の願い、って言ってたけれど。それって、具体的にはなんなの？」

リノもすでに、ケイの頼みは聞いているらしい。

再び、ケイは表情を曇らせた。

「……詳しいことは、言わない」

「言わないって……」

　リノが片眉を吊《つ》り上げた。

「さっきから知らないだの、言わないだの、アンタ本当に知ってることあるの？　それに中身のわからない頼みごと聞けなんて、ちょっと乱暴じゃない？」

「わかってる。でも、言ったところできっと、君たちは信じないし、むしろ今以上に混乱すると思う。だから、言わない」

「今だって信じてないわよ」

「ちょっとリノ……」

　わたしは割って入った。ケイタなの？　なんて訊いたわりには、どうやらリノは、ケイをケイタとは微塵も思っていないらしい。ケイタが相手だったら、こんなにドギツイことは言わない。

「話くらい、聞いてあげようよ」

「ミホ、こいつはケイタじゃないのよ。自分でそう言ったわ。おまけに人には見えないわ、体は突き抜けるわ、怪しいところだらけじゃない。こんなやつの願い、聞いてやる必要なんてない」

わたしは口をパクパクさせた。

「どうしたのリノ……なんでそんなに怒ってるの？」

「怒ってない」

「怒ってるよ。そんな口の利き方するリノ見たことない」

「怒ってない」

　リノは腕を組んで、ぷい、とそっぽを向いた。わたしは言葉を重ねようとして、ふと二の腕に置かれた彼女の指が、小刻みに震えているのに気がついた。

　そうか。ケイタが死んで、まだ四日だ。葬儀でリノは、わたしみたいに醜く感情をさらけ出したりはしなかったけれど、涙はこらえられていなかった。いつもクールで、大人びていて、弱みを見せないから、強いのだと思ってしまうけれど。リノだって、わたしと同じ高校二年生の女の子なんだ。友だちが死んで、その友だちと同じ顔をした幽霊が目の前に現れたら。取り乱して、感情を抑えきれなくなっているとしても、なにもおかしくない。わたしはまだ混乱してて、結果的に冷静みたいになっているけれど。

「ええと……ケイ、実際にできるかどうかは別として、あなたがわたしたちにどうしてほしいのか教えて」

ケイはうなずいて、淡々と要件を口にした。

「来てくれるのは、一人だけでもいい。とにかく誰か、僕と一緒に、ケイタが死んだ場所まで来てほしいんだ」

「いやよ！」

悲鳴じみた声をあげたのは、リノだった。

「どうしてそんなことしなくちゃいけないの。アンタ、本当にわかってるの？　私たちは数日前に、ケイタを失ったばっかりなのよ？　なんでその傷口に自ら塩を塗るようなことしなくちゃいけないの！」

そのまま、その鋭い眼差しがキッとわたしの方を向く。

「ミホ、あんたもバカ丁寧にこんなやつの相手しないでよ！」

わたしはあわあわして、ついケイの方にすがるような目を向けてしまった。

「なんでそっち見るのよ」

リノの声がパキパキと音を立てて凍りついていく。

「ミホに八つ当たりするのはよくないね」

とケイが他人事《ひとごと》のように言った。

「あんたのせいでしょ！」

リノが噛《か》みついた。

「そもそも、アンタがケイタのドッペルゲンガーだって言うんなら、そのケイタの願いだってアンタがかなえてあげればいいじゃない！」

わたしは首を縮めてリノとケイの顔色を交互にうかがった。

ケイは静かな目でリノを見返していた。まっすぐで、何か強い力のこもった眼差しだと思った。ケイはなにも言わなかった。答えられないのではなく、答える必要がないと言いたげな顔だった。

「私は認めないわ」

先にリノが、ぷい、とケイから視線を逸《そ》らした。

「ケイタの最後の頼みだかなんだか知らないけれど、かなえたいなら自分でかなえなさいよ」

ケイはゆっくりと頭を振った。少し、疲れたような仕草に見えた。

「確かに、本当なら僕がケイタの代わりをするはずだった。ケイタの代わりに、ケイタの最後の願いをかなえるはずだった。でももう、それはできない。だからキミたちに頼むんだ。僕の姿がまだ見える、キミたちにしか、頼めない」

リノがなにか言い返したそうにして、唇を開き、けれど結局言葉が見つからないように口をつぐんだ。ケイは一旦目を閉じて、それから目を開けて、今にも溶けてしまいそうな淡い、もの悲しい笑みを浮かべて言った。

「僕はもうこの世のものに触れない。ケイタの願いは、この世の者にしかかなえられないんだよ」

＊

翌日。七月二十四日。ケイはどこへともなく姿を消している。

昨日、うちにいていいよ、と言うとケイは困ったような顔をして、首を横に振っていた。その顔には見覚えがあった。幼い頃、夕方になっても帰りたがらないケイタが、「泊まっていけば？」とわたしに言われたときに浮かべた顔だ。気を遣われたことへの申し訳なさと、そうしたいという気持ちが戦っているような、変な顔だった。実際に「変な顔」と言ったら「うるせえ」と笑って帰っていったっけ。

自室にこもってクーラーを少し控えめにかけて、お気に入りの音楽をかける。今日は本当は陸上部の練習があった。でも休みをもらった。全力で走れる気はしなかった。全力で走ったって大して速いわけでもないけれど、こういうのは気持ちの問題だ。

そうしてぐだぐだと午前中を過ごしていると、お昼前に来客があった。

タイキと、シュンだった。

「リノからメールきてさ。ケイタの幽霊が出たって？」

タイキがわざと軽い調子で訊いてくれたのはわかったので、わたしも笑って答えた。

「ウン。ぜんぜんキャラ違うんだけど、ホントに触れなかったよ」

「マジ？　今もいんの……？」

わたしと同じく練習を休んだらしいシュンは、青ざめた顔でわたしの部屋を見渡す。

あんまじろじろ見ないでよ、と軽くたしなめてから、

「今はいないよ」

と教えてやる。

「っていうかたぶん、タイキとシュンにも見えるんじゃない？　ケイタと親しかった人ほど見えるみたいだって言ってたよ」

「どうかな。ミホは幼馴染だし、リノは中学から一緒だけど、オレらは高校からつるんでただけだしな」

タイキの言葉に、シュンがうなずく。

「俺なんて、そんな仲良かったわけでもないしさ……」

「そうかなあ。ケイタはたぶん、二人のこと好きだったと思うけど」

わたしが言うと、タイキが苦笑いする。

「ミホに言われるとなんか複雑だな……ま、実際その、ケイってやつに会えればわかるだろ」

それから少し、三人で話をして、いつも通りに話せることにわたしはほっとした。

二人に会うのは葬儀以来だったから、少し不安だったのだ。でももう大丈夫みたい。

わたしは昨日、ケイに頼まれたことを、二人にも話した。

「ケイタが死んだ場所に来い……？」

案の定二人の反応は芳しくなかった。タイキは眉をひそめ、シュンは怯《おび》えたように身震いする。

「なんで？」

「教えてくれなかった。言っても混乱するだけだろうからって」

「ますます行きづらいじゃん」

タイキは頭の後ろで手を組んで、コン、と壁に寄り掛かる。

「……ミホはどうするつもりなの？」

シュンが訊いた。

「え、わたし？　わたしは……うーん」

正直に言えば、迷っていた。

ケイのことは、確かにわからない。いきなりケイタのドッペルゲンガーですなんて言われても。リノや、タイキや、シュンの反応が正しい。疑って、恐れて、避けるべきなのだと思う。

でも、ケイタの最後の願い、というのが引っかかっていた。もしわたしたちが行かなければ、それはきっと誰にもかなえられることなく、永遠にこの世を漂い続けるのだろう。成仏できない魂のように。それは、まさしくケイの存在を表しているように思えた。ケイタの願いをかなえたいと望むケイの存在は、ドッペルゲンガーや幽霊なんかではなく、もっとシンプルに、ケイタの成仏できない魂そのものなのではないだろうか。だとしたら、彼は解放されるべきだ。もしわたしの力で、その呪縛を解いてあげられるのなら……。

「ミホ？」

「え、ああ、ウン……わかんない」

「そっか……まあ、そうだよな。わかんないことだらけだもんな」

「うん」

「俺、いまだに信じらんないよ……あいつが、もういないなんてさ……」

シュンがぼそぼそと言った。タイキはなにか探るような目でわたしの方を見ていた。わたしはその視線から逃げるみたいに窓の外を見た。ケイタが死んだというのに、世界は何事もなかったみたいに、今日も快晴の夏空を広げている。

＊

わたしは草原に立っている。どこまでも広がる緑色の絨毯《じゅうたん》、真っ青な夏空、流れていく白い雲……ありがちな風景。昔親が使っていたパソコンの、デスクトップ画面みたいな緑色の地平線が、空との境界をくっきりと隔てている。

風が吹き抜けていく。夏草のにおいがする。気持ちよくなって、わたしは深呼吸をする。肺の隅々まで、青々とした新緑の香りが満ちていくのがわかる。そのまま仰向けに倒れ込むと、背の高い草がクッションになって、ふわっと体を受け止めてくれる。

「気持ちいいな」

隣で誰かが言った。黒い髪の、ひどく見覚えのある少年だった。

「ケイタ……」

わたしはその名前を呼ぶ。

「こんなところで、なにしてるの」

「それ、こっちのセリフなんだけどな」

ケイタは苦笑いした。

「ミホこそ、なんでこんなとこまで来てんだよ」

「こんなとこ？」

「や、なんでもない」

あれ。そういえばケイタ、死んじゃったんじゃなかったっけ。

妙に淡泊に思い返しながら、わたしは上体を起こした。どこまでも鮮やかな草色の地平線が続いている。他にはなにもない。誰もいない。

「ここは天国？」

ケイタが笑った気がした。

「一歩手前かな」

隣を見ると、ケイタが立ち上がっていた。

「ホントはミホが来ちゃいけない場所」

「じゃあ、どうして来ちゃったんだろ、わたし」

「おれに訊かれても」

ケイタが笑う声がした。でももうその姿は見えない。背の高い草にまぎれて、ガサガサと音だけがする。

「ケイタ？　どこ？」

急に不安になって、わたしはあたりをきょろきょろと見回した。

「ごめん。おれもう行かなきゃ」

どこかから、声だけがする。ガサガサ、ガサガサ。

風が冷たくなる。わたしは身震いして、胸を押さえる。奇妙な胸騒ぎで、心臓のあたりがぞわぞわっとした。ケイタがまた、小学生の頃みたいに、なにか危ないことをしようとしている気がして。

「待ってケイ――」

ふいにぷつ、っとパソコンがシャットダウンされたみたいに、世界が真っ暗になった。

瞼を持ち上げると、目のふちから熱いものがこぼれて頰を伝った。

「夢……」

身を起こすと、見慣れた自分の部屋だった。タイキたちが帰ってから、一寝入りしてしまったらしい。窓の外は、すでに日が傾いていた。茜色《あかねいろ》の夕焼けが、部屋の中にも赤い光をこぼしている。

「起きた？」

夢の中で聞いたのと同じ声がして、わたしはびくっとした。部屋の隅に、ケイが浮いていた。

「眠りながら、泣いてたよ。悪い夢でも見た？」

「……なんでもない」

まだ夢の余韻を引きずっていたわたしは、ケイの目を見れずにぼそっと答えた。

「顔色悪いよ。水分ちゃんと取ってる？」

あまり話しかけてほしくないときに限って、話しかけてくる。

「だいじょうぶだよ」

言いながら、額を触ると、汗をかいていた。寝ている間にずいぶん寝汗をかいたみたいだ。ケイにああ答えたわりに、喉はカラカラだった。

「大丈夫に見えないから言ってるんだけど」

「だいじょうぶだってば」

「こないだだって倒れたじゃないか。無理するものじゃないよ」

「しつこいな、へいきだよ」

「室内にいたって脱水症状にはなるんだよ。気をつけないと、」

「もう、うるさい！」

怒鳴り声が飛び出していた。

ケイが目を丸くした。わたし自身、驚いた。なんでこんなに、感情が爆発してしまっているんだろう。

「……ミホ？」

その一言で、答えがわかった気がした。わたしはとっさに耳を塞いだ。

「やめて！　その声で名前を呼ばないで！」

やっと、昨日のリノの気持ちを理解できた気がする。気がついてみると、それは頭がおかしくなりそうな衝動だった。ケイタと同じ顔なのに、ケイタじゃない誰かが目の前でしゃべっている。

「どうしてケイタじゃないの！　違うものなら、違う顔してきてよ！　どうしてケイタと、同じ顔なの……同じ声なの……」

泣き叫ぶようにして喚《わめ》く。

「幽霊なら、ケイタでいいじゃん……なんでケイなの……なんで違うの……」

突然、猛烈な吐き気に襲われた。

というか、吐いた。なんどもえずいて、そのたびに焼けつくようなヒリヒリが喉を刺した。嘔吐物《おうとぶつ》はほとんど胃液だった。吐くものなんて、もともとほとんどない。なのに胃は収縮を繰り返し、いっそ胃そのものを口から吐き出さんばかりにお腹《なか》のあたりで脈打っている。鼻水も涙も一緒に出た。顔中の汗腺から冷汗が吹き出している。息が、できない。苦しい。

「落ち着いて。大丈夫、吐くだけ吐いちゃったら楽になるから」

ケイの声だった。でも、ケイタの言葉だった。

前にもこんなことがあったっけ。陸上部の練習で、けっこうきつめのメニューを、苦しいのに無理してガンガンいったら、最終的にぶっ倒れてゲロゲロ吐いたんだ。そのとき、ずっとケイタが背中をさすってくれていた。吐くだけ吐いちゃえば楽になるよ、とそう言って、わたしが落ち着くまでずっとそばにいてくれた。

ケイの手は、わたしに触れることはできない。でも、確かに背中をさすってくれる温《ぬく》もりを感じたような気がした。不思議と楽になった。荒れ狂っていた感情の嵐が少しずつおさまり、やがて胃が動きを止め、わたしが普通に息できるようになっても、ケイはその何物にも触れることのできない手でわたしの背中をさすり続けてくれた。冷静になってみれば、ひどい八つ当たりをしたのに、ケイはただただ優しい。わたしは気まずい思いで顔を上げる。

「ごめん。もうだいじょぶ……ありがと」

ケイはただにこっとした。その顔もまた、あのときのケイタの笑顔とよく似ていて、わたしは顔が赤くなるのを感じて慌ててそっぽを向いた。

少し落ち着いてから、わたしはケイに訊《たず》ねた。

「どこ行ってたの」

「ちょっと散歩」

ぷかぷかと宙を浮かぶようにして部屋の中を漂うケイの姿は、散歩というよりは遊泳という感じだ。

「ケイは、飛べるんだね」

「飛べるというか、浮いているんだ」

ケイは言うと、自分の足元を指差した。

「実体がないからね。床や、地面にも触れないんだ。だから、いつも浮いている。今はだいぶ慣れてきたから、歩くフリも、座るフリも、できるけどね」

そう言って実際ベッドに腰掛けてみせる。座ったように見えたけれど、よく見ると確かにベッドがへこんでいなかった。空気椅子みたいなことをしているのか。やっぱり、幽霊みたいだ。

「……ケイもいつか消えてしまうの？」

幽霊は、いずれ消えてしまうものだと思う。

「まあね。というか、僕は本当なら消えているはずの存在みたいだし」

「じゃあ、どうして残っているの」

「ケイタの願いが残っているからね」

ケイは迷わず答えた。

「ケイタはいなくなってしまったけれど、彼が遺《のこ》した願いまで消えたわけじゃない。僕はケイタに望まれて生まれた。代わりにしてほしいことがある、と。だからまだ、消えるわけにはいかないんだ」

「やっぱり、それがなにかは教えてくれないのね？」

「教えることはできる。でも、そうすべきではないと僕は判断している」

「……わかった。言わなくていい」

本当は知りたくてたまらないけれど。でも今これ以上なにかが起きたら、頭がパンクしてしまいそうだ。

「ところでミホ。僕の頼みについては、考えてくれた？」

頼み。ケイタの死んだ場所へ行くこと。ケイの代わりに、ケイタの最後の願いをかなえること。

「……それって、やっぱりすごく大事なこと？」

「大事なことだ。キミたち全員にとって」

ケイは真剣な目をしている。ケイタと同じ目だ。なにか、大事なことを頼むときの、ケイタと。そういうところだけ、似ている。ずるいと思う。

ケイタの成仏できない魂。解放してあげたいと、今でもそう思っているのを確かめて、わたしはぎゅっとシャツの裾を摑《つか》んだ。ケイの顔をまっすぐに見る。

「行くよ。わたし一人でも、行く」

その日のうちに旅支度を始めた。部活に休みの連絡を入れ、親にはやっぱりキャンプをやることになったと説明する。ケイタが死んだ山に行くというのはさすがに聞こえが悪いので、場所は適当にでっちあげておいた。友だちと一緒だと言ったから、たぶんリノやタイキと行くんだと思われてる。その友だち……というか連れが、ドッペルゲンガーとは思いもよらないだろうな――使う予定のないキャンプ用品をダミーで詰め込んで、親の目をごまかしながら、わたしはぼんやり思う。

件《くだん》の烏蝶山は、電車を乗り継いでいけば数時間で着きそうだった。距離にすれば遠いのに、文明の力を以《も》ってすればこんなものかと少し拍子抜けする。日帰りもできるけど、それではさすがに疑われるので適当にどっか泊まろう。

「他の三人は誘わなくていいの？」

わたしが忙しく旅支度するのを、ぼんやりと眺めていたケイが訊ねる。

「うん……リノは絶対無理だろうし、タイキとシュンも乗り気じゃなさそうだったから……無理強いはできないかなって。別に、わたし一人でも大丈夫なんでしょ？」

「まあ、うん。みんないるに越したことはないと思うけれど」

「いいよ。わたしが頑張る」

頑張る。なにを？　自分でもわかっていないのに。

荷物を詰め終わると、もうすっかり陽《ひ》が落ちていた。ベッドに横たわると、なんだかどっと疲れが出てくる。ここ最近、いろんなことがあり過ぎた。ケイタが行方不明になったかと思ったら、死体になって見つかって、その葬儀があって、かと思えば今度はケイが現れて、明日には旅に出ようとしている。ケイタにはよくも悪くも昔から振り回されてきた。死んでなおわたしを振り回すのは、ケイタらしいといえばらしい。わたしの十六年と少しの人生には、いつもその傍らにケイタがいた。

でも今になって思うと、わたしは自分を振り回す無邪気な幼馴染のことを、半分でも理解していたのだろうか……。ケイタはいつだって、あまり自分のことを語らない少年だった。誰にでも明るく親しげに振る舞う一方で、一歩踏み込ませないところがあった。

「ケイ、もう一つ訊きたいことがあったの」

眠気に抗《あらが》いながら、わたしはぼんやり訊ねた。

「なんだい」

「ケイタはずっと、家に帰りたがらない子だった。うちのお父さんとお母さんも、心配してたの。ケイタの家は、なにか問題抱えているんじゃないかって。そのことについて、まだ記憶は持ってる？」

ケイはこめかみをトントンと三回人差し指で突いた。

「……わからないな。すまないけど」

わたしは首を横に振った。知らずに済んで、ほっとしたような気持ちが、確かに胸の内にあった。

「ううん、いいの。ありがと」

礼を言ってすぐに、眠りに落ちた。疲れていたせいか、夢は見なかったような気がする。


二十五日。朝早く目が覚める。それなりに寝たはずだったけれど、体には妙なだるさがあった。ろくに動いてもいないくせに、なに疲れているんだろう。ぱんっ、と両頬をはさむように叩《たた》いて気合を入れ、ベッドから抜け出す。

白いTシャツにデニムのパンツを穿《は》いて、髪の毛を後ろで括《くく》る。鏡を覗くと、少し不安げな少女の顔が見返してくる。無理矢理笑ってみてから、重たいリュックサックを背負って一階へ下りる。両親が起きていて、朝の挨拶をしてくる。心配そうな色が抜けない二人の顔をあまり見ないようにして、わたしはイマイチ味のしない朝食を無理矢理口に詰め込んだ。ふと、ケイはどこへ行ったんだろうと考える。今朝は姿を見ていない。

「そういえば、お友だちもう来てるわよ」

ふいにお母さんに言われて、ハムスターみたいにもそもそ食パンを詰め込んでいたわたしは息を詰まらせた。

「ふぁほ⁉」

友だち？　まさかお母さんにもケイの姿が見えるの？

「外で待ってるみたいだから、早く行ってあげなさいね」

わたしは慌てて食パンを飲み下すと、リュックサックをひっつかんで家を飛び出した。

家の前で、タイキとシュンが眠そうにあくびをしているのを見つけたわたしの気持ちは複雑だった。ケイじゃなかった、という安心感と、なんで二人が？　という疑問が入り交じって、どう挨拶していいのかわからなくなる。

「おうミホ、おはよう」

タイキがわたしに気がついて、よっと片手を挙げた。

「なん……で」

「行くんだろ？　カラス山」

「烏蝶山」

ぼそっと入れられたシュンの訂正をハイハイと聞き流しながら、タイキはわたしに自分の荷物を掲げてみせた。ばかでかいバックパックには丸められた寝袋がきっちりと括りつけられている。

「えっ、えっ……？」

わたしが戸惑っていると、「付き合うよ」とシュンが眠そうに言った。シュンも重たそうな荷物をしょっている。

「ミホはそうする気がしたんだよ。昨日訊いたときはわかんないなんて言ってたけど、もう腹は決まってるって顔だったし」

「ミホはすぐ顔出るからなー」

「ババ抜き弱いしね」

「あと地味に頑固だから」

「こうと決めたらテコでも動かない」

「ちょ、ちょ、ちょ、ちょっと待って！」

わたしは両手をぶんぶん振って二人を遮った。

「ええと……つまり、ついてくるってこと？」

タイキがニッとしながらうなずいて、シュンが不承不承な感じでうなずいた。

胸の内がじんわりと温かくなると同時に、申し訳なさが溢《あふ》れてきた。顔に出やすいばっかりに、二人に気を遣わせてしまった。

「……あの、無理しなくていいよ」

「無理はしてない。ケイタはオレにとっても親友だった。ケイってやつのことは信用ならないけど、それでもあいつの願いだっていうなら、やっぱり無視はできない」

それにミホ一人をケイと行かせるわけにはいかないしな、とタイキが言う。シュンは不本意そうにしつつもコクコクとうなずく。

「でも二人とも、直接ケイに会ってもないのに……」

そこでタイキがなぜか、得意げな顔になった。

「会ったぜ、さっき」

「え」

わたしがぽかんとすると同時、ふわり、と頭の上に気配がする。

「おはよう、ミホ」

ケイが淡く微笑んで、頭上をぷかぷかと泳いでいた。

タイキは比較的、ケイの存在を受け入れているようだった。ケイタとはまったく別の、なにか超常的な存在として。触っても突き抜けるのをおもしろがっていた。ケイ

の姿が見えない人からすれば、なにもない空間に手を突き出して笑っているのだから
さぞかし不気味だろうと思う。シュンのリアクションは、どちらかといえば正反対だった。ケイに怯えるように、目も合わせようとしない。

ケイに対して怒りすらあらわにしたリノとは、どちらも違っていたけれど、やっぱり二人にもケイは見えるようだった。ただ、タイキとシュンはケイが少し透けて見えると言っていた。人によって、見え方が微妙に違うらしい。

「まあでも、ケイタにちゃんと友人だと思われてたってことだよな、これって」

透けてても見えるってことはさ、とタイキは安堵《あんど》したみたいに言った。みんなもたぶん、感じていたんだろう。ケイタには踏み込ませないところがあった、ってこと。

「じゃあ、行くか」

そう言って、タイキが先頭に立って歩き出した。電車で行くことは確認済みだったので、てっきり双町駅の方へ行くのかと思ったが、タイキの歩き出した方角は正反対だ。

「え、タイキ、駅はそっちじゃないよ」

慌てて言ったが、タイキは立ち止まらない。どこ行くの、と訊いたら、決まってんだろと言ってニヤリとした。

「リノん家《ち》」

リノの家の前まで来ると、急にタイキがしゃがみこんで塀の陰に身を隠した。

「なにやってんの？」

「しーっ」

人差し指を唇に立てて静かにしろと言う。

わたしもしゃがみこんでタイキの視線の先を追うと、玄関から人影が出てくるのが見えた。リノだ。やたらと大きな荷物を引きずって、麦わら帽子を被《かぶ》っている。リノにしては、アクティブな服装にも見える。

「……どこか出かけるんじゃない？　よそうよ、邪魔するのは」

わたしは言ったが、タイキは再びニヤリとした。

「思ったより早かったな」

「早い？」

「出発は朝だろうって言っといたんだ」

わたしが疑問符を浮かべると、タイキが笑う。

「オレはリノの行先、わかる気がするな、ってハナシ」

「いや、昨日さ、メールしといたんだよね」

「えっ？」

「なんて？」

「ミホが一人でもドッペルゲンガーと行くつもりっぽいよって。あっそうって返事きたけど、あのリノに限ってあっそうで済むはずがないじゃん？」

「タイキ性格悪い」と、シュンがぼそっとコメントする。

……ああ、とわたしは理解した。つまりリノのあの格好は、そういうことなのか。

わたしは立ち上がると、リノに声をかけた。

「リノ！」

ぎょっとしたようなリノの顔は見ものだった。なかなかお目にかかれない、ドライ&クールビューティで知られるリノのビビり顔だった。

「……ミホ？」

「オレもいるんだけどね。あとシュンとお化けも」

タイキがおどけた調子で立ち上がると、リノはぽかんとしてから、額に手をやってかぶりを振る。

「……ハメたわね、タイキ」

「なんのことかさっぱり」

「私がほっとかないって、わかっててメールしたでしょ」

「親切心で知らせただけだよ」

タイキはニヤニヤしている。

要するにこういうことだ。リノもまた、タイキやシュンと同じように、わたしについてきてくれるつもりで、旅支度をしてくれていたのだ。これからわたしの家に来るつもりだったのだろう。

「リノ、いいの？　ケイも、一緒だけど……」

わたしの背後で、件のドッペルゲンガーが素知らぬ顔でぷかぷか浮いている。

「だからなおさらっていうかね」

リノは目を逸らしている。

「……ミホ一人だと、危なっかしいから。騙《だま》されやすいし、頭悪いし、すぐ顔に出るし」

「ひ、ひどい……」

「みんな考えることは同じってことだな」

タイキが笑う。シュンとリノも、ぷ、と笑い出す。

自分一人のわがままにみんなを付き合わせることになってしまったみたいで、申し訳ないのに、わたしもつられてついつい笑ってしまった。みんなが揃《そろ》うのはケイタのお葬式以来。一緒に笑うのは、いつ以来だろう。なんだか心がほっとして、朝から引きずっていた体のだるさも吹き飛んでしまう。

ケイが一人、少し離れたところから、静かな目でそんなわたしたちを見つめていた。

四人（と一幽霊）で駅まで歩き（歩くフリをし）、駅前で喫茶店に入る。それなりに客はいたが、ぷかぷか浮いているケイに誰一人反応しないので、ケイタと親しかった人にしか見えないという話がいよいよ現実味を帯びてくる。アイスコーヒーを四つ注文して、もう一度経路を相談した。

「ここで乗り換えた方がよくない？　乗り換え回数は増えるけど、時間もお金も短縮できるわよ」

「でも乗り換え時間一分しかないぞ。これ逃したら次の電車は二十分後だ。よけい時間かかっちまう」

「いっそバス使えばいいんじゃないの？　ここまでなら電車で行くより早いし、料金もそんなに変わらない」

リノとタイキとシュンが、ああでもないこうでもないと盛り上がっているのを見ると、なんだかほっとして頬が緩む。

「みんな来てくれてよかったね」

わたしの心の内を読んだみたいに、ケイが囁《ささや》いた。

「なに他人事みたいに言ってるの。ケイにとっても、いいことでしょ?」

「うん。でもミホ、嬉しそうだったから」

「そりゃ、嬉しいよ。やっぱり不安だもん。一人で幽霊と旅するなんて」

「ユーレイじゃないってば」

淡泊に指摘しながら、ケイは三人の方を見やる。

「今はなんの相談中?」

「どうやって烏蝶山まで行くかって話。気になるなら会話混ざればいいのに」

「やめておくよ。タイキはともかく、リノとシュンには嫌われてるみたいだから——」

それで、結論は出そうかい?」

「ウーン、電車で行くか、バスで行くかって話で揉《も》めてるみたい」

ケイはふーんと言いかけて、ふいに声のトーンを少し上げた。

「……そうだ。忘れてた」

その瞬間、タイキたちが一様にそちらを見たので、周囲の人が不審げにこっちを見た。なにもない空間を見つめる四人の男女は、確かに怪しい。わたしは慌てて視線をテーブルに戻し、小声で訊く。

「なに？」

「僕は、電車に乗れない」

は？　と声をあげたのはシュンだった。

「なんでだよ、普通に乗ればいいだろ。むしろ切符だっていらないし乗り放題じゃん」

「どうやって？」

ケイは可笑《おか》しそうに訊く。対するシュンの顔は、なにを至極当然のことを、とでも言いたげだ。

「だから普通に座席に座って……」

「座って？」

ケイは言いながら、空いている椅子に座ろうとして――当然わざとなのだろうが――なぜかそのまますり抜けて、尻餅をつくフリをする。

二秒くらいして、わたしははっと気がついた。

「そっか、ケイには実体がないから……」

ケイが「正解」と言った。

「僕には乗るという概念がない。そもそも乗せる体がないからね。仮に僕が電車に乗って、空いている席に座って——というか、座るフリをして、電車が出発したとする。どうなると思う?」

「……アンタがそのままの姿勢で置いてけぼりになる?」

リノがぼそっと言うと、ケイがうなずく。

「全部すり抜けちゃうからね。車でも、飛行機でも、同じことさ。僕がそれらの乗り物と同じ速度で移動できるならついていくこともできるけれど、生憎と僕の移動速度は飛んでいても人並みなんだ」

「じゃあ、どうするの?」

わたしが訊くと、ケイは真顔で答えた。

「歩く。というか、歩くフリをする。それしかない」

「冗談じゃないわ」

リノが声を尖らせた。

「なんでアンタに合わせて私たちまで歩かなくちゃいけないのよ。場所教えて。私たちだけで行くわ」

ケイは首を横に振った。

「本当に山の中だよ。目印らしい目印もない。地図見ても僕にはどこだかわからないし、案内するのが一番早いんだ。悪いけれど、僕には時間がない。僕の案内に従って、徒歩。これが最短で、最速だ。僕の記憶に間違いがなければ、三日もあれば着くよ。それでギリギリ、間に合うはずだ」

「俺たちは最寄まで交通機関って手もあるんじゃないか」

三日という言葉にげんなりしたのか、シュンが口をはさんだ。

「それでもかまわないよ。後で僕を見つけてくれるなら。とにかく、僕はこの世の乗り物に乗れない。そして、山に着いてからは、僕の案内がなければ目的の場所へはたどり着けない。そう思ってほしい」

ケイの言葉に、わたしたちは考え込んでしまった。でもたぶん、そのときわたしと他の三人が考えていることは違った。わたしはケイの言葉の意味を考えていた。ケイは、僕の記憶に間違いがなければ、と言った。それはつまり、ケイタの記憶ということだ。どうしてケイタの記憶に、徒歩三日で着くなんて情報があるのか……。

「……ねえ、ケイ。もしかしてケイタも、歩いていったの？」

なに言ってるんだコイツ、みたいな沈黙が一瞬あって、すぐにタイキがとりなすように笑った。

「いやいやいや、あいついつも金ない金ない言ってたけどさすがに電車乗る金くらいはあっただろ」

「いや、ミホの言う通りだよ」

ケイの答えに、タイキの顔から笑みが消える。

「ケイタは、歩いていった。理由はもうわからない。でも僕は、その道を覚えている。実際キミたちのところへ来るときも、その道を逆にたどってきた。ミホの言っていることは合っている。ケイタは、歩いて烏蝶山へ行った」

タイキとリノとシュンは、言葉を失っていた。なぜ、と思っているのだろう。わたしも思ってる。なんでわざわざ、ケイタはそんな面倒な道を選んだんだろう。あいつのことだから、気まぐれに歩こうと思っただけなのかもしれない。大いにあり得る。あるいは、なにか電車を使えない理由があったのかもしれない。想像もつかないけれど。

とにかく、ケイタは歩いて烏蝶山へ行った。そしてケイも、歩いて山へ行く。

「ケイは、ケイタがたどった道をそのままたどるの？」

わたしは訊ねる。

「そうなるね。一応、ケイタは最短ルートで山まで向かったから」

「幽霊しか通れない道は、通らない？」

「飛んだり、建物すり抜けたりってこと？　僕の記憶にはケイタがたどった道しかないんだよ。だから他のルートはわからない。迷うリスクを負うくらいなら、ケイタがたどった通りの道をたどるよ」

「そっか……そうなんだね」

ああ、また顔に出ているだろうか。タイキと、リノと、シュンがなにを言い出すのかと心配そうにわたしの顔を見つめている。つい、うつむいてしまう。結局また、わたしは自分のわがままを通そうとしているのだ。——それでも。

「わたし……わたしは、ケイと一緒に歩きたい」

わたしは顔を上げて、言った。

「ケイタがなにを思って、どんな道を歩いたのか、知りたい」

どうしてケイタは一人であの場所を目指したのか。なにを考えて、どんな道を歩いたのか。同じ道をたどっていけば、なにかわかる気がする。

「あ、でもみんなは電車でいいよ。わたしのわがままだから。あっちで落ち合えば問題ないよね？　わたし携帯あるし、連絡取り合えばだいじょぶ……」

慌てて取り繕おうとしたところで、三人が顔を見合わせて、それから、なぜか盛大にはあーっとため息をついた。

「えっ、なに？　なに？」

「……だーから、ミホを一人で行かせるわけにはいかねっつってんでしょ」

タイキが頭をかいている。

「ホント無自覚よねミホは。自分が危なっかしいってことに」

リノは呆れ顔だ。

「でも言い出したら聞かないから」

シュンは恐々ケイの方をチラッと見つつ、肩をすくめてみせる。

タイキが代表するみたいに、ぽかんとするわたしの頭にポンと手を乗せた。

「一緒に行くって言ったろ。ミホが歩くんなら、オレらも歩くよ」

わたしは、顔を上げられなかった。

いつもそうだ。なにか困ったことがあると、わたしはみんなに助けてもらってばかりだ。そのくせ、自分ではなにもしてあげられない。ケイタにだって、なにもしてあげられなかった。だからせめて最後の願いくらいはかなえてあげようと思ったのに、結局一人じゃなんにもできないのだ。情けない。情けなくて、カッコ悪くて、それでも嬉しくてニヤけてしまうから、顔を上げられない。

「なんか……ゴメン。でもありがとう」

やっと顔を上げて笑うと、タイキとシュンもニッと笑った。

「謝るくらいなら電車にしてほしいものだわ」

リノがつっけんどんに言ったが、顔は照れ隠しみたいにそっぽを向いていた。

＊

そうして、わたしたちは旅に出た。

高校二年の夏休み。ケイタの足跡を、たどる旅。

第二部

スター・ゲイザー

1、槙本舜《えのもとしゅん》

横山《よこやま》グループ、っていうと、知ってるやつはだいたい「ああ、あの五人組仲いいよね」と口を揃えてそう言う。バレーボール部で背の高い横山大輝《たいき》を筆頭に、顔の広い陸上部のエース・結城恵太と、そのお目付け役の花野美穂《はなのみほ》、クールでドライな優等生西園莉乃《にしぞのりの》。確かに四人は仲がいい。ケイタ、ミホ、リノの三人は中学が一緒だし、グループのリーダー的ポジションのタイキは、もともと人を惹《ひ》きつける人間だ。四人が一緒にいると、笑い声が絶えない。

でも俺は、どうなのだろう。

エノモトシュン、という名前は、横山グループの中では一番地味な気がする。ケイタとミホとは同じ陸上部だった。一年のときはクラスも一緒で、だから自然と、なんとなく、一緒にいることは多かった。結果、横山グループにも所属しているみたいになっていた。でも俺はタイキとケイタのように心から気が合ってるって感じじゃなかったし、ミホとリノのように互いを信頼し合ってるわけでもなかった。ただ、本当にただなんとなく、その場所をもらって、そこに居させてもらっている感じだった。ああでも、決して、ハブられていたとか、そういうんじゃない。五人でいるのは楽しかったし、みんなのことは好きだ。学校生活の、派閥的なやつは色々と残酷で、ちゃんとしたグループに所属していないと、ホントに教室での居心地が悪くなる。他の四人は特に派閥とか意識してたわけじゃないと思うけど、客観的に横山グループはけっこう地位が高かったと思うし、そういうのに敏感な俺はわりとほっとしていた。横山グループの一員でいられたことに。

ただ、その中に一人だけ、気に食わないやつがいたのも事実だ……。

双町を出発してから、俺はケイの背中ばかり睨んでいる。

＊

「ケイは、ケイタの記憶持ってるんだよな？」

タイキが訊ねている。ケイは夏の雲みたいにぷかぷか浮かんだまま振り向いて、そのまま後ろ向きに飛び始めた。

「だいぶこぼれてしまったけれど一応、ね」

「それ、試してもいいか？」

「試す？」

ケイが不可思議そうに首を傾《かし》げた。

「いや、だってほら、おまえの中のケイタの記憶が消えつつあるってのは聞いてるけど。でもそういうふうに言い逃れしてるだけで、ホントはなにも知らないってこともあるだろ？　オレたちはまだ、ケイのことを信用してない。だから証明してみせてくれよ」

「なるほど、一理あるね」

ケイがうなずいた。

「でも、本当に答えられないことは答えられない。たまたま、キミの質問の答えが全部、すでにこぼれてしまった記憶の部分にあるとしたら、僕はなにも答えられないよ」

「一個くらい答えられんだろ。そんなに難しいことは訊かないよ。じゃあまず……」

タイキは腕組みして、それからずい、と隣を歩いていたミホを指差した。

「ミホの期末テストの数学の点数は？」

ミホが悲鳴をあげた。

「えーっ、なんでそんなこと訊くの！」

タイキは笑っている。

「確かにここ最近ではいち――二番目くらいの衝撃エピソードかもしれないわね」

リノがうなずいて、ミホがしかめっつらになった。俺も苦笑いしながら記憶を探る。

ミホの数学の点数は、確か二十三点だ。

「二十三」

ケイが即答した。

「ええー……なんでケイ、そういうことは覚えているんだよう」

ミホがしゅんとしている。

「なるほど。正解。でも当てずっぽうかもしれないし、もういっちょ、」

「タイキの地理の点数！」

やり返すように、ミホがタイキを遮って叫んだ。

「あ、おいっ」

「二十一点」

ケイがくすくす笑いながら答えた。

「いい勝負だね。二人とも」

確かにいい赤点勝負だ。しばらく笑い種《ぐさ》にもなったので、俺もよく覚えている。

「私からもいい？」

今度はリノが手を挙げた。

「どうぞ」

「中学三年の八月一日、ケイタが私に言ったことは？」

意味深な質問だった。ケイはこめかみをトントントンと指で三回突いたが、やがてかぶりを振る。

「……わからないな。ゴメン」

「え、なにその意味深な質問。リノ、なに言われたんだよ」

タイキが身を乗り出すが、リノは肩をすくめて内緒と言った。俺も気になったが、リノがこういうとき絶対口を割らないのは知っている。

「シュンもなにか訊いたら？」

そのリノが振り向いて、そう言ったので、俺は渋い顔でケイを睨んだ。コイツに訊きたいこと？　別にない。ケイタの記憶を持っているらしいことは、タイキとミホの質問でほぼ証明されている。

「……ケイタが俺をどう思っていたか」

気がつくと、そんな質問をぶつけていた。タイキとリノが変な顔をしたが、ミホだけは察したようだ。

ケイはしばらく黙って俺をまっすぐに見ていた。やがて、唇が開き、

「……知らない」

と答えた。

口の中が苦くなる。知りたかったような、知りたくなかったような、複雑な苦み。

「……あっそ」

俺はそっぽを向いて、みんなの追求の視線から逃げた。

二時間ほど、休憩をはさみつつ黙々と線路沿いに歩き続けて、駅四つ分ほどの距離を踏破した。電車なら二十分もかからない。なんだかとても無駄なことをしているような気がしてくる。

「なんか、スタンドバイミーみたいだね」

五つ目の駅を通り過ぎたとき、心なしか楽しそうにミホが言った。

「ああ、スティーブン・キングの。確かにね」

とリノがコメントする。

「すてぃーぶん……なに？」と、俺。

「スティーブン・キング。原作を書いた人の名前よ」

「そもそもなんだっけ、それ」

タイキは映画そのものをわかっていないらしい。ミホが説明し始めた。

「映画だよ。男の子が四人、夏に死体探しの旅に出るの。ずっと線路の上を歩いていくんだけど、その途中で喧嘩《けんか》したり、汽車にひかれそうになったり……」

「さすがに主題歌は聴いたことあるんじゃない？　けっこう有名だから」

リノが歌詞を口ずさむと、タイキが「ああ」と納得したような顔になる。

「なんかで観《み》た気がするな……最後にピストルで悪いやつ撃つやつ？」

「撃たないわよ。脅しには使ってたけど」

「っていうか最後に悪いやつ撃つ映画って多いだろ」

俺は指摘する。大概の勧善懲悪は、悪者が正義の味方にピストルなり拳なりでノックアウトされるものだと思う。

確かに、とタイキが笑った。

「なるほどね、似てるかもな。死体探しじゃなくて、死体のあった場所目指してるわけだけど」

「線路の上じゃなくて線路沿いだしね」

ぼそっと、リノが付け加える。

「細かいことはいいのっ。雰囲気っ」

ミホはあくまでスタンドバイミーっぽさを大事にしたいらしい。

「ケイタは、その映画が好きだったみたいだよ」

と、ふいにケイが口をはさんできた。あまり積極的に会話に入ってこないケイにしては、珍しい。気のせいか、一瞬リノがしょっぱい顔をしたように見えた。

「あ、それはわたしも知ってる」

ミホが胸を張っていた。

「ケイタああ見えて、洋画とか洋楽好きだったんだよ。試合の前はいつもベン・E・キングかけてた」

渋過ぎ、似合わね、とタイキが苦笑した。

「なんでそんな趣味偏ってんの？　親の影響？」

「さあ……わかんないよ。ケイタ、あんまり家のこととかしゃべらなかったから」

「スタンドバイミーが好き、ねえ……だからあいつ、歩いていったのかな」

タイキがまっすぐに続く線路を眺めながらつぶやく。

「別に死体探しにいったわけじゃないでしょ」

リノがピシャリとツッコんでいたが、そのとき俺は心の隅で、むしろそうであったならよかったのに、と思ってしまっていた。ケイタが死体探しの旅を真似ようとしているうちに、文字通りミイラ取りがミイラになってしまったのなら——そんなドジな死であったなら、俺はこんなにも、ケイの存在に心乱されることはなかっただろうに、と。

ケイタの死は、俺にとって、他の三人とは少し違う意味合いを持っている。

夕方近くになって、双町から出ている線路の、終点の町にたどり着く。名前はちゃんとあるが、俺たちはいつも〝マチ〟と呼んでいる。双町はそこそこ都会だけど、マチに比べるとやっぱり小都会って感じだ。ちょっと遠くに出かけたいとか、ショッピングを楽しもうと思ったら、双町の高校生はみなマチへ来る。だからまだ、このあたりまでは勝手がわかる。

「今日はここらで休んでおいた方がいいかな」

タイキが言った。こういうとき、自然とリーダーシップを発揮するのはタイキらしい。

「そうね。久々にこんなに歩いたから、けっこう疲れちゃった」

唯一運動部所属でないリノは、足をさすっている。顔には出さないが、言葉以上に疲れているはずだ。ミホも数日前にぶっ倒れたばかりだし、あまり無理はさせられない。

「元気のあるうちに、もう少し進んでおいた方がいいんじゃないかな」

空気の読めない発言は、ケイだった。俺は苛立ちを感じながら、ケイを睨みつけた。

「ぷかぷか浮いていられるおまえと違って、俺たちは肉体を酷使してるんだよ。そもそもおまえが電車に乗れないせいでこうなってるんだろ」

ケイは表情を変えない。

「歩く、と言ったのはキミたちのハズだけど。僕は別に、キミたちは電車でもいいと言ったよ」

「そりゃ、そう、だけど」

幽霊のくせに生意気だ。

「やめなよシュン」

リノが言った。

「どうせ私たちが一緒に行かなきゃ、そいつは一人で鳥蝶山に着いたってなんにもできないんだから。休みたいときは、無視して休めばいいのよ」

正論だ。リノらしい。ケイが肩をすくめ、タイキがじゃあ休もう、と決定する。

「どうする？　キャンプ用品は一通り持ってるし、野宿もできるけど……」

「町中で野宿ってどうなの」

リノは渋い顔だ。

「ケイタはどうしたんだろ」

ミホが言った。

「ケイ、わかる？」

ケイは淡々と答えた。

「ケイタは、この町で一晩過ごした。漫画喫茶に泊まったみたいだよ」

「漫画きっさぁ？」

「未成年者って、そういうの無理なんじゃなかった？」

リノの指摘はもっともだったが、「いや待て」とタイキが口をはさんだ。

「兄貴に聞いたことある。マチにはすげえゆるーい店長のいる、ザルな漫画喫茶があるんだってさ。会員登録は任意だし、身分証とかも求められないって。あんまりに童顔とか、制服着てるとかじゃなきゃ、よゆーで一晩明かせるらしい。オレ、ケイタに話したことある気がする」

「そこ泊まったのかな」

「行ってみりゃわかんだろ。案内するよ」


件の漫画喫茶は、マチの薄暗い路地裏の隅っこにぽつねんと建っていた。

コンビニで夕飯なんかを調達して、十九時頃入店する。タイキが言っていた通り、店長らしき受付の男はろくにこちらの顔も確認せず、事務手続きを済ませるとめんどくさそうにドウゾーと通してくれる。ペア向けのフラットシートを二つ、男子と女子で分かれて使うことにする。ミホとリノとはいったん別れて、俺はタイキと自分たちのブースへ向かう。

荷物をおろし、四隅の禿《は》げたシートにどっかと身を投げ出すと、タイキが肩をグルグルと回した。

「けっこう凝るなー、バックパックって」

そのまま仰向けに倒れ込むと、年季の入ったシートが不吉に軋《きし》む。ザルな理由がわかる気がする。

「ケイタもよく歩こうって思ったよな。あいつ、短距離は速いけど体力はからっきしだろ」

「まあ……走るわけじゃないからいけると思ったんじゃないの」

曖昧に答えると、俺は荷物から着替えを漁《あさ》った。取り出した青いジャージは、陸上部のものだ。上着にちょうどいいかと思って持ってきた。

「そういや、シュンと二人って珍しいな」

「え？」

ぱっと顔を上げると、タイキは微妙に気まずそうな顔をしていた。

「いや、ほら、オレ、ケイタと二人でカラオケ行ったりとかはしてたけど、シュンと二人で何か、ってのはなかったなあ……って思って」

「ああ……かもね」

そもそもタイキに限らず、サシで遊びにいったりとか、そういうのがあんまりない。

「シュンは、ケイタと二人で遊びにいったりとか、しなかったの」

眉間にしわが寄っている気がした。俺はバッグの中身を整理するフリをして、タイキから視線を背ける。

「ないよ」

「なんで？」

「なんで、って……別に、機会がなかったっていうか」

「同じ部活なのに？　いつでも誘えたじゃん」

「誘わなかったし、誘われなかったよ」

「……ずっと思ってたんだけどさ」タイキの声が、心なしか緊張の色を帯びた。「シュンとケイタって、五人でいるときも、あんまりしゃべらなかったよな」

気がつくと、バッグの中に突っ込んだ両手が動きを止めている。

「別に仲悪いとかじゃなかったよ。ただ……サシで遊ぶとか、そういうんでもなかった」

そういうんでもなかった。じゃあ、どういうんだったのだろう。ケイタが俺のことをどう思っていたのか、俺は知らない。タイキとはサシでカラオケに行って、俺とは行かなかった。それが答えのような気もする。

背後で、タイキが身を起こす気配がした。

「シュン。この際だから、もう一つ訊くけど」

「なに」

「ケイタが死ぬ前、あいつとなんかあった？」

ぎく、と肩が引きつった。

「……ないよ別に」

「いや、明らかに口きいてなかっただろ、ここ一ヶ月くらい」

「俺とケイタはあんまりしゃべらないんだよ。今さっきタイキが言っただろ」

「あんまりしゃべらないと、口をきかないは、違うよ」

下手なごまかしは通用しなかったようだ。振り向くと、タイキはバレーボールの試合のときみたいに真剣な目で、俺のことを見ていた。

「訊いたんだよ、ケイタにも。なんかあった？ って。でも『別に？』ってかわされるし。ミホはミホで、そっとしといてあげてって言うし。だからオレもリノも、ずっとなんも言わなかったけど」

敢えて黙っていてくれたのか。タイキも、リノも。ミホにも、知らぬ間にそんなふうに気を遣われていたのか。

俺は、やりきれない気持ちになった。

「××××××××」

耳の奥にこびりついた、耳障りな自分の金切り声。それが聞こえると、俺の頭は無意識にばってんに変換する。ケイタがインターハイ出場を決めた、地区の予選決勝。

今でもときどき夢に見る。悪夢だ。ケイタの死に顔を見た日はろくに寝れなかったけれど、少なくとも夢には出なかった。眠っても苦しい分、悪夢の方が性質が悪い。

　あれが、ケイタと交わした最後の言葉だった。文字通り。表情という表情が消えて、純粋に「顔」というものが残った、その後に感情の残り滓《かす》みたいに浮かんだケイタのなんともいえない淡い笑みを、俺はいまだに忘れられない。

　ケイタとなにかあった、というのなら、あったのだろう。でも今や、それは本当に〝あった〟だけだ。そこからどうすることもできない。なかったことにもできない。解決することもできない。それらの可能性はすべて、ケイタが持っていってしまった。あいつと一緒に、烏蝶山の深い森の底に沈んでしまった。

「ケイに対してイライラしたり、怯えたりするのも、そのせいか？」

　タイキはまだ俺を見ている。

「シュンは、ケイタのこと、嫌いだったのか？」

　黙っていると、タイキがため息をつく。

「なあシュン、もしかしたらおまえとケイタのこと、あいつが一人で烏蝶山目指したことと、なにか関係あるんじゃないのか？　だったら――」

　俺は顔を背けながら、吐き捨てるように言った。

「ミホに言われたんだろ？　そっとしといてくれよ」

タイキの言ったことは、少なくとも一つ合っている。

俺はずっと、結城恵太のことが嫌いだった。

＊

初めてケイタと一緒に走ったのは、中学一年のときだった。

なにかの記録会だったと思う。種目は１００ｍ。八人が同時に走るレース。そのとき俺は、なんだかなよっとしたやつが右隣にいる、くらいにしか思っていなかった。中性的な顔つき、細い手足、陸上をやってるにしては長い髪の毛、チャラチャラしてるってわけじゃなかったが、見ていると無性に鼻を鳴らしたくなる容姿だ。コイツは大したことない――俺はそう決めつけて、無理矢理目を逸らして、左側のレーンを走る、強豪校の三年生のスタートダッシュにつられないよう、注意していた。

ところがいざレースが始まってみると、スタートと同時に飛び出したのは左側ではなく、右側だった。まさしく電光石火、稲妻のようにすぱーっと飛び出して、そのまま二位を寄せつけずに圧巻の独走を見せる。長めの髪が風にたなびいて、ギリシャ神話のヘルメスってのはこんな感じなのかと思わされたのを覚えている。

そのヘルメスの名前が、結城恵太だった。やつは俺のタイムに０・２秒もの差をつけてゴールしていた。わずか０・２、というかもしれない。でも陸上の、１００ｍの、０・２は天と地ほどの差だ。スプリンターって生き物は、０・01秒単位の世界で戦ってる。瞬きするよりも短い寸秒を縮めるために、血のにじむような努力をこれでもかと積み重ねるのだ。０・２っていうのは、その喉から手が出るほど欲しい０・01秒の、二十倍だ。とてつもない差だ。俺だって一年だてらに部内じゃ最速で、それしか取り柄がないくらい、毎日走ってばかりいるのに、やつはその遙《はる》か上を悠々と飛んでいったのだ。絶望を通り越して、乾いた笑い声しか出なかった。

高校で初めて顔を合わせたとき、ケイタは俺のことを覚えていなかった。中学時代、地区が近かったので何度か一緒に走っていたけれど、全国区のケイタと、県がせいぜいの俺とでは、住む世界が違う。わかっちゃいたけれどやりきれなくて、俺はケイタに対して素直になれなかった。同じクラスで、同じ部活で、ミホが間に立ってくれたから、なんとなくつるんで、なんとなく横山グループに入って、でもとうとう一度だって、俺は他の三人とそうするように、ケイタと笑い合うことができなかった。陸上のことだけじゃない。ケイタは他の三人との誰とだって、俺より仲が良かった。クラスのどの男子に話しかけられたってドライな態度を崩さないリノが、唯一その硬い表情を崩すのも、ケイタだけだった。

逆恨みだってことはわかっている。嫉妬。僻《ひが》み。コンプレックス。言い方はなんにしろ、醜い感情。ケイタは俺に対して才能をひけらかしたり、厭味《いやみ》を言ったり、そんなことは一度だってしなかった。あいつの方がよっぽどいいやつだ。わかってるんだ。

でも、それでも俺はケイタのことを嫌いになるしかなかった。そうしなければ、走ることを嫌いになってしまいそうだったから。

＊

シャワーが使えるとのことだったので、交代で浴びてくることにする。タイキをブースに残し、俺は受付へ行って再びやる気のない店長と対峙《たいじ》し、シャワーを使いたい旨を申告する。

陸上部の練習に比べれば、大した距離を歩いたわけじゃない。それでも、温かいお湯を浴びると、ふっと全身の強張りが取れていくようだった。ケイに対してイライラしたり、怯えたりしている——とはタイキの言だが、実際そうなのだろう。俺はケイがそばにいると、なんだか落ち着かない。

シャワールームを出たところで、リノと出くわした。同じくシャワーを浴びてきた直後らしく、濡《ぬ》れた髪からシャンプーのにおいが漂ってくる。俺はドキッとして硬直した。リノが気がついて、「あら、シュンもシャワー？」と声をかけてくる。

「う、うん。汗かいたしね」

「けっこう、歩いたよね。夏場だし汗かくよね」

「足、平気？」

「そうね。まあ、平気だと思う。ありがと」

リノが淡く微笑むと俺はまたどきどきして、ろくに顔を見られなくなった。ミホなら、こうはならないんだ。あのコはわりといつも笑っているし、感情がわかりやすい。でもリノは、あまり笑わないから。とにかくガードがカタくて、周囲を寄せつけなくて、ドライだから、たまにふっと笑みをこぼされると……なんというか、落ち着かない気持ちになる。

「っていうかシュン、そんなもの着てたらまずいでしょ」

「えっ？」

俺はぱっと自分の格好を見下ろした。着ているのはさっき取り出したばかりの、陸上部のジャージだ。

「え、なんかまずい？」

リノがため息をついてちょいちょい、とジャージの裾を引っ張る。

「背中にでかでかと、FUTAMACHI HIGH SCHOOL って書いてあるんだけど」

「あ」

ちょっと考えればわかることだった。いくら年齢確認をされないからといって、高校の名前が入ったジャージを着てウロウロしていたら、さすがに店員に声をかけられかねない。特に、夜は。左袖には自分の名前まで刺繍《ししゅう》されている。

「ブースではいいけど、さすがに店員さんに見えるところでは脱いでおいた方がいいんじゃない？」

「だな……」

この程度のことにさえ頭が回らない自分の愚かしさを呪いながら、ジャージのジッパーをのろのろ下ろそうとしたときだった。

「あれ、そのジャージ」

知らない人の声に、俺は飛び上がりそうになった。目の前で、リノがそら見たことか、と言わんばかりに目元を覆った。

「えっ、あ、いや！」

とっさに体ごと振り向いたのがよくなかった。まるで背中を隠そうとしているみたいだ。背後でリノのため息が聞こえる。やべえ。なんでこう、カッコワルイところばっかり見られちゃうんだろう。

「なに慌ててんの。別にまだ高校生が入っててもいい時間帯でしょ」

立っていたのは、明るい金髪をした、男の店員さんだった。ニコ、と含みありげなスマイル。

「それとも、ここに泊まろうとか考えてる？」

リノがぐいぐい袖を引っ張ってきたが、俺は根が生えたみたいに突っ立ったまま動けなかった。額からつつーと冷や汗が伝って、湯上がりの頬を滑り落ちる。どうしよう。明らかにジャージの文字見られた。追い出されちまうか……？

「ああいや、そんな身構えないでよ」

親の仇《かたき》みたいに睨んでいたら、店員さんがぱっと両手を上げた。

「別に高校生が泊まろうとしてるとか、気にしないから。オレも昔、ここ泊まったことあるし。こないだもそれっぽいの泊めたし」

俺は目を白黒させる。店員さんはニッ、とする。

「ただ、そいつも、そんなジャージ着てたなあって思って声かけただけだよ。なに、キミらの学校、家出でも流行《はや》ってんの？」

思わずリノと顔を見合わせた。

「同じジャージ着てた？」

四人でぎゅうぎゅう詰めになりながら男子のブースに集まって、店員さんの話をすると、タイキが素っ頓狂な声をあげた。

「そう。男の子と女の子の二人連れ。片方が着てたんだって、こんなジャージ」

リノが俺を指差しながら説明する。陸上部の青いチームジャージ。

「それって……？」

「……ケイタ、だよな？」

ミホとタイキが一様に複雑な顔になった。

「女の子って、なに……」

と急にミホが情けない声を出す。

「あいつ旅先で女引っかけてんのかよ」

タイキが軽い調子で言う。

「いやな感じね。ネットカフェでそういうのって、なんか犯罪の臭いがする」

と、リノ。

「やめてよリノ。ケイに訊けばわかるかな……」

ミホはソワソワしている。ケイはお店の中には入ってこなかった。だから今、すぐになにかを訊ねることはできない。

「ケイタはホント、なんのために鳥蝶山行こうとしたんだろうな……女と一緒なんて、なおさらワケわからん」

タイキが一瞬、俺の方をチロッと見ながら言った。

「なんにしても、ケイタはここに泊まったってことでしょ？　この話はそれでいいんじゃないの？　連れの子は気になるけど……」

リノが眠そうにあくびをかみ殺した。

「一人で行こうとして、わたしたちにも内緒にしてたのに、知らない女の子とは一緒にいたんだ……」

ミホがぼやいた。

「知らないからこそ、なのかもな」

と、タイキ。

「なんかフクザツ……」

ミホの言うフクザツは、たぶん俺たち以上に複雑だ。なんだか妙な空気になる。みんな、ケイタのことがわからないのだ。今追っているのは、実はみんなのまったく知らない結城恵太で、この旅を続けていくうちに、どんどんケイタという人間への理解が変わっていく気がした。

やめましょう、とやがてリノが言った。

「考えてもしょうがないわ。このまま旅を続けていけば、わかるかもしれないし。みんな疲れてるんだから、今日は休みましょ」

話はそれで終わったが、店員さんからもたらされた情報は、それぞれの心に波紋を生んだようだった。

＊

翌朝、漫画喫茶を後にすると、ケイは外でぷかぷか浮かんで待っていた。その姿を見て、俺は目を擦《こす》る。心なしか、ケイの姿が昨日よりも透けてきている気がする。気のせいか……？

「ケイ！　ケイタが誰と一緒に旅してたか知ってる？」

いきなりミホが質問を浴びせかけていて、リノがやれやれと首を振る。タイキは苦笑いだ。俺は昨日のように、ケイからは微妙に距離を取る。

「ゴメン。知らない」

とケイが短く言って、ミホをしょぼくれさせている。なんとなく予想はしていた。ケイは、重要なことほど覚えていない。使えないやつだ。

マチを出てからは、線路から離れた。国道沿いに歩道を進む。ガードレールの外側を、車がびゅんびゅん通り過ぎていく。この道路の先が海に繋がっていることを、俺は知っていた。けっこう名の知れた海水浴場。夏だし、車の行き先はみんなそっちなのだろう。このクソ暑い中、さして有名でもない山を目指して徒歩の自分たちは、真逆のことをしていることになる。ばかばかしい。ケイの背中を睨みながら額の汗をぬぐう。

「ケイタが見つけてほしいものって、なんだろうな」

先頭を歩いていたタイキが、突然ぽつりとつぶやいた。

「なによ、いきなり」

リノが眉をひそめた。

「いや……山にあるんだろ？　つまり……遺品とか、そういうもんなのかなって」

「遺品……」

ミホの声は少しぼんやりしている。

「遺品なら、遺体が見つかったときに一緒に見つかってるでしょ」

「だよなあ――なあケイ。教えてくれよ。なにを探しにいくんだ、オレたち」

ケイは黙っている。ミホも黙っている。俺は考えている。ケイタの見つけてほしいもの。最後の願い。

「……復讐《ふくしゅう》なのかも」

ぼそっとつぶやいたのが自分だと、しばらく気がつかなかった。

「フクシュウ？」

弾《はじ》かれたように、ミホが振り返る。

「どういう意味？」

「あ、いや……」

俺は慌てた。タイキが目を細めてこっちを見ていた。全員、立ち止まっていた。ケイだけが、何事もなかったかのように進んでいく。緩やかな坂道を、ふわふわーっと登っていく。

「ただ……」

「ただ？」

うまく言葉が見つからない。うまく、ごまかす言葉が。

「そうかも」

思わぬ方向から助け舟が出て、俺は顔をぱっと上げた。

リノだった。普段から崩すことの珍しいクールな顔が、なにか苦痛をこらえているかのように歪んで見えた。

「……あり得る、か」

タイキまで、そんなことを言い出す。ミホだけが、戸惑ったように、全員の顔を順繰りに見渡した。

「どうしたのみんな。なにか、ケイタに恨まれるような節でもあるの？　だとしても、復讐なんかのために、ケイタがケイを残したって、そんな……わたしは、そんなの……」

そんなふうに思いたくない、とミホがうなだれた。ケイがようやく動きを止めて、振り返り、俺たちがついてきていないことに気がついたようだった。坂の上、夏空を背景におぼろげに見える、蜃気楼のようなケイの姿は、無性に俺をイライラさせた。

なんでおまえは、ケイなんだ。

おまえがケイタだったら。色んなことがもっと簡単に、シンプルに、解決していたような気がする。おまえがケイだから。色んなことを複雑にして、絡ませて、俺たちの気持ちをぐしゃぐしゃにするんだ。

ケイタとそっくりだから、怖い。

でもケイタじゃないから、イライラする。

「ケイタは、なんで旅に出たんだろう、ってずっと考えてたんだよ」

タイキが、ぽつりと言った。

「なあ……オレずっと思ってたんだ。あいつさ、事故死だってことになってるけど。でも本当は、もしかしてじさ」

「やめて！」

悲鳴染みた声だった。ミホが震えていた。リノがなにも言わず、タイキの頬をぶった。タイキは茫然として頬を押さえ、それから泣きそうな声でゴメンと言った。

「……ごめん」

俺もなんとなく謝った。

たぶん、ミホにあんな顔をさせたのはタイキじゃない。俺なのだとそう思った。

午前中は快晴だったが、昼頃に少しずつ空が曇ってきた。

木陰で休憩を取る。頭上で蝉がじーじー鳴いている。陸上部の、合宿二日目のような、だるい疲れが足を包んでいる。風は涼しかったが、汗は止まらない。熱が質量を持っているかのように、空気が重たい。あるいはそれは、午前中の会話を引きずっているせいなのかもしれない。

俺はみんなから少し離れたところに座っていた。あれからミホは、すっかりふさぎ込んでしまっている。リノはそんなミホにつきっきりで、タイキはなにか思うところがあるみたいに、俺同様少し離れた場所で一人佇んでいる。みんな、バラバラだ。ケイタがいなくなってから、そして、ケイが現れてから、なんだか繋がりがチグハグになった気がする。

頭上から何かが落っこちてきて、俺はびくっと飛び退いた。バタバタと暴れているのは——蝉だ。死にかけなのだろうか。飛び上がることもできずに、草むらの中で這《は》いずり回っている。

死。

ケイタは、死んだ。

崖から足を滑らせて。落っこちて。頭を打って。死んだ。あっけなく。この蝉みたいに、死の間際はあがいたのだろうか。手足を振り回して、ぐるぐると、地面を這いずり回ったのだろうか。ケイタは、生きながらえないことを、どうやって受け入れたのだろう。そのとき、なにを思ったのだろう。なにを願って、ケイを残したのだろう。

——××××××××××。

吐き気がした。

吐いた。

嘔吐物に満ちた口の中は、罪の味がする。

「大丈夫かい？」

背後から声がした。ドッペルゲンガーめ。嘲笑《あざわら》っているのか。

——××エ××イ×××。

まずい。こいつの声を聞いてると、ばってんが剝がれる。

「あっち行け」

俺は乱暴に言った。

「……キミはどうして、僕にそんなふうに当たるのかな」

ケイは動かなかった。腕で押しのけようとして、伸ばした手は、ケイの体を突き抜けた。そうだ。触れないんだった。

「どうしてだっていいだろ。あっち行けよ」

——オ×エ××イ×××バ。

やめろって。聞きたくない。

「キミは、ケイタのことが嫌いだったの？　それとも、僕のことが嫌いなの」

タイキと同じことを訊きやがる。

「同じことだろ。そんなの、どっちだっていい」

「違うよ。僕はケイタじゃない」

「だからなんだよ！」

イライラして大声を出した。

タイキとリノがこっちを見た。ケイは表情を変えない。

——オ×エサ×イ××レバ。

「だいたい、ケイってなんだよ。ドッペルゲンガーってなんだよ。なんでおまえ、ケイタじゃないんだよ。ずるいんだよ。いきなりケイタの顔で現れて、ケイタの願いをかなえてくれって、そんなのミホが断れるわけないじゃないか！　そしたら俺らだって、ミホ一人を行かせるわけにはいかないじゃないか！」

最初は、ただの遺言なのだと思っていた。だから、ミホのことが心配というのもそうだったけれど、ちゃんと、かなえてやろうという気持ちもあった。胸の内にずっと潜んでいる、ケイタへの罪悪感が、少しでも薄れればいいやと思って。軽い気持ちで。でも今は、違う。ケイと会ってしまった今は。ケイタの最後の願いは、きっと復讐なのだ。俺への。その方が、しっくりくる。なぜ最初から気づかなかったのかと、不思議に思うほどに。

だって、俺は、それくらい、ケイタにひどいことを言った。

オマエサ×イイナ×レバ。

心臓が爆発しそうだ。

オマエサエイイナ×レバ。

もうばってんは、剝がれ落ちてしまった。

オマエサエイイナケレバ。

聞こえる。あの日の俺の声が。

「おまえさえいなければ、そもそもこんなことになんかならなかったんだよケイタ！」

吐き出してしまってから、ぞっとした。

ケイの顔から、表情という表情が抜け落ちた。そして、感情というものが一切なくなり純粋に顔というものが残った、その後にふっと淡く、夏の熱に溶けてしまいそうな氷菓のような笑みが浮かんだ。

オマエサエイナケレバ。

オマエサエイナケレバ。

オマエサエイナケレバ。

心臓が早鐘のように打った。破裂するかと思った。100mを、全力で走って、絞り切って、出し切って、自己ベストを更新した改心のレースのような、ひどく重たい疲労感と吐き気が、胃のあたりからムカムカと迫《せ》り上がってきた。

逃げた。ケイから。あるいは、ケイタから。あるいは、ミホから。リノから。タイキから。

「シュン！」

たぶん、ミホの呼び声だった。

俺はすべてを振り切るように、今まで歩いてきた道を逆走した。走って、走って、今までで一番速く走れてるんじゃないかってくらい、ぐるぐると足が回っているのを、ぼんやりと感じていた。

道から外れた木陰に潜んでいたのに、ミホは千里眼でも持ってるんじゃないかってくらい、簡単に俺を見つけてしまった。

「シュン……」

「……なんでわかるんだよ」

「わかるよ。シュンはかくれんぼ、ヘタだから」

「ミホとかくれんぼなんてしたことあったっけ？」

「陸上部の合宿で。ケイタが言い出して。正確には隠れ鬼だったけど」

「ああ……」

トレーニングになるだろ、って言って、走った、走った。ばかみたいに。隠れた人を見つけるだけじゃなく、タッチしなくちゃいけなくて、足が速い俺とケイタは隠れるのがヘタでもなかなかつかまらなくて、鬼から大ブーイング食らったっけ。

「よく覚えてるな」

「覚えてるよ。あのときのシュンとケイタ、すごい楽しそうだったから」

「そうかな」

「そうだよ」

ようやく顔を上げると、ミホはにっこり笑っていた。ちょっと無理をしている顔だと思った。

こういうコだ、ミホは。他人のことをよく見ている。自分よりも、他人の気持ちに聡《さと》くて、そのくせ自分の気持ちには鈍感。でも、だからこそミホには、他の三人には言えないようなことも、言えるときがある。

「……ケイタと喧嘩したんだ」

俺はぽつりと言った。

「ウン。知ってる」

「喧嘩っていうか、俺の一方的な逆恨みなんだけど。六月の地区予選で、あいつと決勝走って、俺はベストの走りで、あいつはちょっと調子悪くてさ。でも、結局あいつが勝って、それが明暗分けた。あいつはインターハイ行きの切符を手に入れて、俺は落ちた」

「ウン。そうだったね」

淡泊な相槌《あいづち》。今はそれがありがたい。

「試合が終わった後さ、俺だけ、言えなかったんだ」

「なんて？」

もうほとんど独り言だった。

「おめでとう、って」

そう。言えなかった。インターハイ出場おめでとう、と。チームメイトはみんな言った。ミホも言った。でも俺は、言えなかった。

「あいつのそばにいるとさ、みじめになんだよ」

「みじめ？」

「そう。たくさん友だちがいて。タイキや、ミホや、リノと仲が良くて。見てくれもよくて。俺にないもの、全部持ってる。そのうえ、足も速くて。インターハイに、一緒に出られたらまだよかった。でも、出られたのはあいつだけだった」

嫉妬。僻み。コンプレックス。言い方はなんにしろ、醜い感情。でも、抑えられなかった。だから、おめでとうの代わりにひどいことを言った。

「おまえさえいなければ、って」

おまえさえいなければ、俺がインターハイに出ていた。おまえさえいなければ、俺がチームのエースだった。おまえさえいなければ、もっとリノと仲良くなれていたかもしれない。おまえさえいなければ、オマエサエイナケレバ！

それが、ケイタにとってどんな意味を持つ言葉だったのか、俺は知らない。ただ、予想していた以上のダメージがあった。ケイタは全力疾走直後の、憔悴《しょうすい》しきった顔を、さらに真っ青にして、表情という表情を消した。

そしてなぜか最後に、消え入りそうに儚い笑みを浮かべた。

「……あいつさ、俺のせいで死んだんじゃないかって」

ずっと思っている。

いや、わかってはいるんだ。ケイタは、事故死だった。警察がそう言ったのなら、そうなのだろう。崖から足を滑らせて、落っこちて、頭を打って、死んだ。誰にも、なんの責任もないのだろう。たぶん。きっと。おそらく。

でも、思ってしまう。おまえさえいなければ、なんて俺が望んだから。その願いを、どこかの、名も知らない神様が——あるいは悪魔が、こっそり聞いていて、じゃあこいつがいなくなればいいんだな、って、その願いをかなえてしまったんじゃないかって。ケイタに気まぐれを起こさせて、旅に出したり。ふっと通りかかった崖の下を、覗きたいと思わせたり。あるいはケイタが崖の下を覗いているときに、その背中をちょこんと押したりもしたのかもしれない。

妄想だ。百パーセント。わかってる。わかってるんだ。わかってるけど。

「あれが、最後の会話だったんだ！」

吐き捨てるように言うと、顔がぐしゃっと歪むのが自分でもわかった。

「あんな、あんな言葉で、別れちまった……謝ることも、取り消すことも、もうできないんだ！　俺は一生、この気持ちを抱えて生きていかなきゃならない。死んだあいつの怨念背負って、のろのろ100m走るしかないんだ……一生十秒台のランナーになんて、絶対なれやしないんだよ」

乾いた笑い声が出た。

「この旅は、復讐なんだよ。きっと。ケイタは俺にも、死ねって言ってんのかも……」

そう。ケイは、死神なのだ。俺をケイタと同じところへ連れていこうとしている。ケイタが見つけてほしいものは、きっと〝死〟だ。俺の〝死〟だ。

「そんなことないよ」

とミホは言った。妙にキッパリと言った。

「ケイタにさ、訊いたの。シュンとなにかあった？　って。ケイタはうなずいたけど、同時に『なにもしないでくれ』って言った。なんでかわかる？」

「俺なんかともう仲良くしたくないってコトだろ……」

「違う」

ミホはやっぱり、妙にキッパリと言った。

「ケイタは、待ってたんだよ。シュンが謝ってくるの」

俺はミホの顔を見た。まっすぐな目だ。ケイタとよく似ている。人付き合いが上手《うま》い人間って、いつも相手の目をまっすぐに見るのだ。タイキもそうだ。俺はできない。リノもあまり、しない。

「ケイタはちゃんと、仲直りしたかったんだよ。みんなが間に入って、なんとなくそうさせることもできたけど、そうじゃなくて、ちゃんと仲直りしたかったんだと思う」

「今なら、なんとでも言えるよ」

俺は冷たいことを言った。無意識に、ミホが一番傷つく言葉を探しているような気がした。

「ねえシュン。わたしはね、ケイタはシュンに一番、言ってほしかったと思うよ」

ミホの顔を見れなかった。

「……なにを？」

「おめでとう、って」

目の下あたりが急にぐるぐるっとなって、熱くなって、俺はそれが涙が零《こぼ》れ落ちる前兆だとわかった。

なにか言おうとした。口だけが、魚みたいにパクパクと動いた。言葉は出てこなかった。ここはまるで水中だ。空気の泡沫《ほうまつ》だけが、ぷかぷかと、ごぼごぼと、口からこぼれ出して夏空の水面に昇っていく。

「ねえ、戻ろ?」

ミホが泣きそうな声で言った。

「ケイタの願いが復讐なんて、そんなこと絶対ないよ。ケイタはそんなやつじゃない。シュンだって、よく知ってるでしょ……?」

ああ、知ってる。そんなやつじゃなかった。生前は、少なくとも。

でも今は。ケイを見てしまった今は。俺はもう、ケイタのことがわからない。

ミホは「待ってるから」と残して戻っていった。俺がテコでも動かなかったので呆れたのかもしれない。ミホがそんなやつじゃないことも、よく知っているけれど。

戻らなきゃ、という気持ちがあった。

戻りたくない、という気持ちがある。

雨が降り始めた。傘なんて持っていない。そもそも荷物、全部置いてきてしまった。いよいよ木陰から動けなくなって、生ぬるい雨が世界を冷ましていくのをぼんやりと見つめる。雨は嫌いだった。走れなくなるから。でも今は悪くない。歩けなくなるから。

「戻らないの？」

頭の上から何かが降ってきたのは、今日これで二度目だ。一度目は蝉。二度目は声。

俺は飛び上がらんばかりに驚いて、頭上を見た。木の枝に腰掛けて、ケイが足をぷらぷら揺らしていた。透けた体の向こうに、夏の空が見えている。コイツやっぱり、どんどん薄くなってきている。

「なんでいんだよ」

「ミホを追いかけてきたら、ここで立ち止まったから」

「……どこまで聞いてた？」

「さっきの話？　隅々まで」

眩暈《めまい》がした。ケイはケイタではないけれど。でもある意味当事者だ。一番、聞かれたくなかった。

「……それで？　俺を笑いものにしようっていうのか」

ひねくれた言葉が口をついて出たが、ケイは静かな表情を変えない。

「昨日、ケイタがキミをどう思っていたかと訊いたね。その質問に答えようと思う」

思いもよらぬ言葉が返ってきて、俺は動揺した。

「おまえ、昨日は知らないって言ったじゃないか！」

「質問の意味がよくわからなかったんだ」

しれっと言いやがる。

「それで、質問の答えだけど」

ケイは微塵も声音を変えずにこう言った。

「ケイタはキミのことを、友人だと思っていたよ」

「うそつけ」

俺はその答えをピシャリと跳ねのけた。

「同時に、」

ケイは何事もなかったかのように続けた。

「ライバルだとも、思っていた」

「ライバル……？」

一瞬、ライバルという言葉の意味を脳内で検索してしまった。ライバル。好敵手。

競い合う相手。

「はっ」

鼻で笑った。

「あり得ない。あいつは俺よりも0・2秒以上も速いんだ。100を十秒台で走る男だぞ。十一秒ジャストがせいぜいの俺なんか、眼中にもねえよ……」

「ケイタはキミのことを覚えていたよ。高校に上がったとき、双町第二中の槙本舜だとすぐにわかっていた」

俺は言葉を失った。

覚えていた？

「じゃあ……じゃあなんで、言ってくんなかったんだよ」

ケイは、出来の悪い弟の話をするみたいに、困ったような笑みを浮かべた。

「キミが思っているよりもずっと、ケイタは負けず嫌いで、不器用で、恥ずかしがりなんだよ。キミがケイタとの付き合い方に悩んだように、ケイタもキミとの付き合い方に悩んだのさ。世の中には友人であると同時にライバルであれる人種と、そうじゃない人種がいる。ケイタは、後者だった」

俺は首を横に振った。知らない。そんなケイタを、俺は知らない。

「キミはケイタの才能に嫉妬し、ケイタは追いすがるキミに恐怖した。キミは0・2秒差、と言ったけれど、その差は高校二年の今だって0・2だろう？　確かにキミはケイタに一度も勝てていないのかもしれないけれど、同じか、それ以上に練習を積んで自分の力を伸ばしてきた。ケイタはそんなキミのことを、ちゃんと認めていたよ。ライバルとして。友人として。ミホの言っていたことは合っている。ケイタは、キミに一番、おめでとうと言ってほしかったんだ」

「ウソだ……」

「ウソじゃない。なぜならキミには、僕が見える」

「そんなの、なんの根拠にもならねえよ！」

ケイの姿が見えるのは、ケイタが生前親しかった人間だけ。でももう、どんどん透けてきている。まるで俺には、もう見える必要がないとでも言いたげに。

「そんなことはないよ」

ケイは言った。

「僕が知る限り、僕の姿が見えたのはキミたち四人だけだ。たった、四人だよ。でもそれは僕が選んだわけでもないし、キミたちが望んだわけでもない。きっとケイタが、キミたちを選んだんだ」

「そんなの……俺はケイタにあんなにひどいことを言ったのに！」

俺は喚いた。頭の中がぐちゃぐちゃで、雨に濡れた体もぐちゃぐちゃで、顔はもう涙なのか、雨粒なのか、鼻水なのか、わからないくらいにぐちゃぐちゃで、とにかくなにもかもが、みっともないくらいに、ぐちゃぐちゃだった。いっそこの場でケイに断罪されていた方がよかったと思った。胸の奥の、罪悪感が、ケイの言葉を聞くたびに膨らんで、心臓を内側から破裂させそうだった。

「そうだね。あの言葉は、ケイタをひどく傷つけた。ケイタが一番言われたくない言葉だったから。僕にも、強い影響を及ぼす言葉だ」

そうだ。傷つけたことくらい、俺にだってわかっていた。そうでなくたって、ケイタとの関係はよくなかったのに。

「あいつは俺が嫌いだったんだろ」

俺はぼそっとつぶやいた。

「そんなことはない」

「俺はあいつが嫌いだった！」

ケイの言葉を掻《か》き消すように叫んだ。

「あいつはなんでもできた！　なんでも持ってた！　俺にないもの、全部！」

劣等感がずっとあった。比べたってしょうがないことは、わかってる。それでもコイツにだけは絶対負けたくないと思って、そう思えば思うほどにケイタの背中は遠ざかって、胸の内でむくむくとコンプレックスばかりが膨れ上がっていった。いつだってその背中は前にあった。手が届きそうになるたびにひょいと先へ逃げる、俺には永遠に追いつけない〝十秒〟の領域のように。

「ケイタにだって、ないものはあったさ」

ケイタが静かに言うのが癇《かん》に障って、俺はふてくされてぼやいた。

「あいつは俺より足が速かった」

「でも怪我《けが》をしやすかった。体力だってキミと比べたら全然なかった」

そんなの、なんの慰めにもならない。

「友だちだって多かったし」

「本音を言えないことも多かった。いつも笑っているということは、悲しいときも苦しいときも笑っていたということだよ」

そういえば、あのときも——俺は頭を振って、浮かび上がりかけた記憶を無理矢理沈める。

「カッコイイし……」

僻み。俺がケイタに対して抱いている感情。自分でもはっきりとわかるほどに、醜い感情。

「本人はもっと男らしい感じになりたかったようだよ」

と、ケイはクスリと笑った。

「キミが思っているほど、ケイタは完璧な人間じゃなかった」

そうかもしれない。俺はあいつのことを、なにも知らない。知らないままきてしまったし、知らないまま逝ってしまった。

「……なんで死んじまったんだよ」

言葉は、ぽつりとこぼれた。言ってしまってから、ぎょっとした。

心の奥で誰かが囁くのを聞いた気がした。

——謝ろうと、思っていたのに。

「謝る機会さえやりたくないほど、俺のこと嫌いだったのかよ……」

「まだそんなふうに思うのかい？」

ケイの問いに、なぜか答えられなかった。

「キミがそう思って気が済むのなら、そう思い続けるのもいい」

でもね、とケイは微笑む。もう、ほとんど見えない。

「それでも僕は、ケイタの気持ちは決してキミへの恨みではなかったと思うし、キミの気持ちもケイタへの劣等感や僻みだけではなかったと思う。キミは今、ここにいて、僕もここにいる——この暑い中、キミが貴重な青春を賭けている陸上部の練習を休んでまで……それがなによりの証拠じゃないかい？　シュン、僕は改めて、ケイタの友人であるキミにお願いするよ」

顔を上げても、もうケイの顔はよく見えなかった。まつ毛に引っ掛かった水滴で視界がにじんで、ぼやけた風景の中にケイを見つけることはできなかった。

「ケイタの最後の願いを、かなえてやってほしい」

俺は嗚咽《おえつ》を漏らした。

夏の通り雨が少しずつ上がって、雲間から午後の光がかすかに差していた。

2、横山大輝

オレには、ケイタには絶対に敵《かな》わないと思っていることが三つある。

一つは、足の速さ。生粋のスプリンターで100mを十秒台で走るケイタには、どんなにあがいても短距離じゃ敵わない。傍《はた》から見てても速いのはわかるが、実際一緒に走ってみるとその差は歴然だ。ぶっ飛んでる。もう、スタートが違うんだ。オレが一歩目を踏み込んだときには、ケイタはもう二歩目を踏んでる。そのますますっすと、まるで重力も、空気抵抗もないみたいに、するすると加速していって、気がつくと遥か先でゴールしている。オレもバレー部だし、体力にはそれなりに自信があるけど、あいつの走りを見ちまうと軽くへこむ。この気持ちはたぶん、シュンだけがわかってくれる。

二つ目は、笑顔。キラースマイル。そもそもケイタは、ひいき目に見てもかっこいい。中性的な顔つきで、細身で、普段ぼーっとしているとちょっと影のある感じになる。それが、話しかけると無邪気に笑うのだから反則だ。ガキっぽいところはある。オレが言えたことじゃないけど。でもケイタの場合、授業中とかは真面目だし、陸上のときは別人みたいにきりっとしてるし、だから休み時間なんかにふにゃっとガキみたいに笑われると、みんな一発でやられちまうのだ。あるいは逆。あのガキっぽい笑みを見た後に、あいつの本気の１００ｍなんか見た日にゃ男でも軽くクラッとくる。それくらい、惹きつけるものがある。あいつの走りも。笑顔も。

そして三つ目。

オレとケイタは、同じ子を好きになった。でもその子はケイタのことが好きで、だからオレはこの恋において、ケイタに勝つことは絶対にない。

＊

雨が止《や》んでも、シュンは戻ってこなかった。

ミホを探しにいったケイが、ミホと一緒に戻ってくる。オレが「シュンは？」と訊ねると、ミホがかぶりを振る。

「戻ってこない……と思う」

オレは眉をひそめる。

「どうして？」

「シュンは……」

ミホは言いよどむ。

「……シュンは、自分のせいでケイタが死んだって、思ってるみたい。ケイタの最後の願いは自分への復讐なんだって。だから嫌なんだって」

リノが小さく息を呑《の》むのがわかった。オレは意味がわからなくて顔をしかめた。

シュンのせいで死んだ？　なんだ、それ。なんでそうなるんだ。

確かに、シュンとケイタの間にはなにかあったんだろう。昨日、漫画喫茶でそのことを訊ねたら、シュンは答えなかった。答えないのが、答えだった。ケイタがいなくなったことに、ひょっとしたらなにか関係があるのかもしれない。

だが、だとしても、ケイタが死んだことにはなんの因果もないハズだ。

「ケイタは事故死だろ？　警察が、そう判断したんだろ？　だったら、シュンにはなんの落ち度もないじゃんか。なんでシュンのせいってことになるんだよ。誰のせいでもないだろ」

ダレノセイデモナイ。

心なしか、自分に言い聞かせるような口調になったのに、オレは必死に気づかないフリをした。

「シュンとケイタ、ここんとこ断絶してたから……色々、後悔してるんだと思う」

ミホはぼそぼそ言った。ぼかしている言い方だと思った。でもシュンのことを慮《おもんぱか》っているのがわかったので、オレもそれ以上は追及できない。

「戻ってくると思うよ」

ケイが無責任に言った。

「適当なこと言わないで」

リノがピシャッと言った。

三十分ほど待ったが、リノが正しかったようだ。シュンは戻ってこなかった。オレたちは荷物をまとめ、再び烏蝶山を目指して旅を再開した。

別の国道に入ってすぐ、ここから一つ、山を越えることになるとケイは言った。

「山？」

「そう。道路沿いに歩いて、ぐねぐね登って、ぐねぐね降りる。歩道はないけど、車の往来もそこまでじゃないから、普通に歩ける」

烏蝶山は、この山と連なる山岳の一つなのだという。

「あと一日か、それくらいで麓には着くと思うよ」

ケイは軽い調子でそう言ったが、オレは目指す山頂を見据えて渋い顔をした。今まではほとんど平坦な道を歩いてきたが、ここからは傾斜がつく。ケイには関係なくても、人間には大いに関係のある傾斜だ。

ケイが先頭を歩き出し（歩いていないが）、その後にリノが続く。

「タイキ、荷物重たくない？　少し持つよ」

三番目のミホが振り返って、オレに手を差し出してきた。あのまま置いていくわけにもいかなかったので、シュンの荷物はオレが持っている。荷物がぎっしりのバックパックだから、それなりに重たい。

「いいよ。女の子に持たせらんないよ、こんなの」

ミホの小さな手のひらを見て、オレは強がって笑った。

「でも」

「いいんだよ。鍛えてんの。来年はオレもインハイ出るから。今から体力つけとかないと」

バレーボール部の、今年のインターハイへの挑戦はとっくに終わっている。来年だって、たぶん遠い夢だ。それでも。

「そっか」

　とミホが言って後ろへ下がっていったので、一瞬納得してくれたのかと思ったが、ふいに背中が少し軽くなって、オレはぱっと後ろを振り返った。

「じゃあこれだけ持つね。わたしも来年はインターハイ出たいから」

　シュンのバックパックに括りつけられていた寝袋だ。ミホはにこ、と笑うと、それを赤ん坊みたいに抱きかかえて、隣を歩き始めた。意地になって取り返すのもカッコワルイ気がして、オレは小さくアリガトウとつぶやく。

　坂を登っていくうちに陽は落ちて、少しずつ地に落ちる影を伸ばしていった。どこかでヒグラシが鳴いている。風が向きを変える。雨上がりのアスファルトに、木々の隙間から茜色の光が差して、そして消える――夜の気配。

「切ないね」

　ミホが言った。

「ヒグラシ？」

「うん。あと、においが」

「におい？」

「夏の雨の後って、切ないにおいがする」

熱せられたアスファルトに、雨が落ちて、蒸発するにおい。どっちかといえば、嫌なにおいの気がする。

「タイキは、」

「ん？」

隣を歩いていると、ミホとときどき腕がぶつかる。少し汗ばんだミホの肌は、どこかひんやりとしている……。

「……ケイタになにか恨まれるようなこと、あるの？」

こっちの頭も一瞬でひんやりした。オレはミホの顔を見た。ミホは前を見ていた。

視線の先にいるのは、リノ――いや、その先にいるケイか。

「今日、シュンが復讐かもしれないって言ったとき、リノがそうかもって言って、タイキも……」

「ああ」

言ったな。確かに。あり得るか、って言った。

「それって、どんなこと？」

ミホがオレを見た。オレは前を見た。ケイの背中。透けている背中。でもあいつと同じ、ちょっと丸まった細い背中。あの日も、そんな背中だった。そんな背中をして、泣いていた——。

「……ゴメン。ミホには言えない」

「えっ？」

「大したことじゃないんだ。でも、ケイタには恨まれてるかもしれない。あいつは知らなかったんだ。でも、もし知ったら……」

それがたとえ死後であったとしても、きっと恨んだハズだ。復讐したい、と願う程度には。

「……そう」

ミホは深く突っ込んでこなかった。でも、たとえ深く突っ込まれたとしても、ミホには言えないと思った。

それは、とてもとても醜い感情だ。ミホにだけは、絶対に見られたくないものだ。

＊

ミホのことが好きだった。

最初に会ったのは一年のときだ。ケイタと遠足の班が一緒で、お互いガキなとこがあったんですぐに意気投合して、ミホとはその伝手《つて》で知り合った。ケイタのガキの頃からの幼馴染で、小・中・高と学校が一緒。夫婦じゃんと冷やかしたら、ミホは真っ赤になって否定していた。最初はなんとも思っていなかったんだ。小柄で、青っ白《ちろ》くて、ちょっとかわいいクラスメイトくらいにしか思っていなかった。

ケイタとミホの共通の友人であるリノ、それから陸上部のシュンを加えて、五人でつるむことが多くなった。でもオレとケイタは、またちょっと特別だったと思う。五人で遊ぶことも多かったけど、同じくらい、オレはケイタと二人でも遊んだ。カラオケ行ったり、ゲーセン行ったり、他校の有名な陸上選手見にいこうなんてケイタが言い出して、ホントに二人で見にいったこともあった。

ケイタとは、わりとバカをやった。授業サボったり、夜の学校に忍び込んだり、たまに他校のガラ悪いやつに絡まれて、喧嘩をやったこともある。ミホはそのたびにオレたちの前に仁王立ちして、くどくどくどくどお説教を垂れた。今思えばオレは、ケイタのついでだったのかもしれない。どっちにしろ、当時のオレはそれをうっとうしいなくらいにしか思っていなかったし、ミホの言葉はいつだって話半分だった。その頃のオレはけっこう適当で、学校の授業も、バレー部の練習も、手を抜いて楽にこなそうとしていたから、余計にミホの言葉が小うるさかったのかもしれない。

いつからだろう。

ミホのことを目で追うようになったのは。

陸上部の練習を、よく外から見ていた。バレーボール部と陸上部は練習の曜日がズレていて、ケイタが練習の日にオレが休みってことはままあった。一人で先に帰ってもやることがなくて、ケイタの練習が終わるのを待って、陸上部の練習をずーっとだらだら眺めていた。まあ待ってても、あいつはオレのこと忘れてんのかたまに先にすーっと帰っちまって、ミホが後でそれを教えてきたりするんだけど。気まぐれなやつなんだ。翌日「なんで先帰るんだよ」って怒ったら、キョトンとして「あれ、タイキこそ先帰ったんじゃないの」とか言うようなやつだ。自由なんだ。色々。

ケイタはホントに足が速くて、見ているだけでなんかスッとする。一緒に走るとへこんじまうけど。とにかく綺麗《きれい》なんだ。フォームとか、よくわからないけど。無駄がないってのは、なんとなくわかる。すっすっす、と加速していくのは見ていて気持ちいい。シュンも速い。オレはシュンと走ったってぜんぜん敵わない。あの二人が並んで走ってると、なんかすげえカッコイイ。スプリント、って感じ。そう言うとシュンは、なんだか怒ったような顔をするんだけど。

ミホもスプリンターらしかったけど、あのコはぜんぜんダメだなって思いながら見てた。もともと不器用なんだ。たぶん。運動ができるってタイプに見えない。腕がバタバタして、足もバタついて、ケイタに比べたらもう、なんか水中で犬かきでもしてるのかって感じ。綺麗じゃない。それでも必死で白い額に汗を浮かべて走っているのを見ると、ほーっと思うことがあった。ミホは妥協がなかった。周りが、オレから見たって明らかに手抜いてんなってわかるときも、ミホだけは手を抜いていなかった。

いつしかオレはケイタを待つ間、ミホを見ていることが多くなった。

「ミホってさ、なんで陸上やってんの？」

たまたま声が届くところでミホが休んでいたので、訊いてみたことがある。

「なんで……ってなんで？」

座り込んでいたミホは、上気した顔を反らせて後ろのオレを見た。

「いや、なんか……そんなに走るの、得意そうに見えなかったから」

「ああ、ウン……遅いもんね」

ミホは苦笑いしてみせてから、グラウンドを指差した。ケイタが走っていた。

「あんなふうに走りたい。って言ったら変かな」

「いや」

その気持ちはよくわかった。あいつが走ってるとき、いったいどんなふうに世界が見えてるのか。興味は、ある。

「小さい頃から見てきたから。あんな理想のスプリンターが、ずっと目の前で見せつけてくるんだもん。わたしだってあんなふうに走りたいって、思っちゃうよ」

ミホは笑う。

「だから、あんな必死になれるんだ？」

オレは訊いた。どことなく、卑屈な響きになっていた。

「必死？」

「そうだろ？　さっきの練習。ミホだけが、ぜんぜん手ェ抜いてなかった」

「そうかな」

「そうだよ」

ミホは照れたみたいに髪の毛をいじった。

「わたしさ、ぶきっちょだから。みんなみたいに、すぐ上手になれないから。ちょっとでも手を抜いたら、絶対追いつけなくなっちゃう。だからみんなが怠けてるときがあるなら、そこで少しでも差を縮めないとって思うんだ」

その目は、キラキラした光をまとって、ケイタの背中を見つめていた。

なんでミホばかり見るようになっていたのか、そのときふと気がついた。

たぶん、オレはとっくに惚《ほ》れていたんだ。綺麗ではないけれど、懸命に走る、この小柄なスプリンターに。


それからはちょくちょくミホに話しかけるようになった。教室で。グラウンドで。帰り道で。ミホはすぐに騙されるので、くだらないウソを言ってよくからかった。騙されるたび、むくれるミホの顔が脳裏に焼きついた。

「タイキはイジワルだ」

とミホはよく笑いながら言った。

「ミホが騙されやすいんだよ」

「ケイタも同じこと言う」

「ほら、みんな思ってるんだよ」

「でもケイタは最後までウソって教えてくれないんだよね。わたしがウソって気づいてから怒ると、キョトンとして『なんの話？』とか訊いてくるんだよ」

「気づくの遅過ぎるんじゃね？」

「えー。そうなのかなー」

そのときは笑いながら話せた。でも、そうして距離を縮めるほどに、やがて気がついてしまったのだ。

ミホが話すとき、その話題は大概ケイタのことばかりだ。

＊

日が暮れて、夜の帳《とばり》が下りてからもしばらく歩き続けたが、山を越えることはできなかった。

「ケイタも、二日目に山を越えることはできなかったよ」

と、ケイが言った。

「野宿したの？」

と、ミホ。

「そう。もう少し先だ……あのあたりの雑木林」

「見て」

リノが指を差す。道路の脇に立った看板だ。標識。動物注意とある。絵柄は猪《いのしし》だった。

「猪出るのか」

オレはつぶやいた。

「大丈夫かしら……」

「大丈夫かわかんないけど、道路脇ってわけにはいかないだろ。ちょっとその辺登ろうぜ――ケイ、ケイタはどの辺で寝たんだ？」

オレは道路のガードレールをまたいで、斜面になっている雑木林に踏み込む。

「こういうとこって、入っていいの？」

ミホは少し心配そうな顔だ。

「さあ」

オレは肩をすくめる。

「パトロールとか、通報する人間がいるわけでもないだろうし、適当適当。火でも焚《た》かなきゃ大丈夫だろ」

「まあ……道路脇でテント張ってる方が文句言われそうね」

リノがうなずいてついてきて、最後にミホも続く。ケイは相変わらずぷかぷかと浮かんで、無造作に林の中を指差した。

「そこの木と木の間。ケイタの記憶によれば、彼は二日目、そこで寝た」

「あっ」

ふいにミホが声をあげて、走り出した。

「タイキ！」

ケイが指差した木のうち一本、その枝を指差している。

近くまで行くと、ミホがオレを呼んだ理由がわかった。ミホには届かない高さの枝に、青い、シュンのそれと同じ、陸上部のチームジャージが引っ掛かっていた。

鬱蒼《うっそう》としげる雑木林の中になんとか平らな場所を見つけて、月と懐中電灯の乏しい明かりを頼りに野宿の準備をする。皆、親には「キャンプ」と言って家を出てきた以上、荷物には最低限のお泊りグッズと、寝袋、着替えが詰まっている。とはいえ、さすがに野宿で自炊するほどの装備は誰も持っていなかった——そもそも日帰りのつもりだった——から、夕飯はあらかじめ調達したものをぼそぼそ食べることになった。

「現代日本でよかったね」

とミホが変なことを言った。

「なにそれ？」

「いや、ほら。スタンドバイミーの映画だったら、コンビニなんてないから……」

まだ引きずっていたのか、その話題。でも確かにそう言われると、コンビニの、海苔《のり》のパリッとしたおにぎりは、文明の味がする。

「そういえばその映画ってさ、死体探しにいくんだよな？」

オレは訊いた。

「うん」

「その死体は……その、なんで死んだんだ？」

ミホが心なしか顔を暗くした。代わりに答えたのはリノだった。

「列車にはねられて死んだのよ。だから線路沿いに探しにいくの」

「事故か……」

ケイタと一緒なんだな、の一言はおにぎりと一緒に呑みこんだ。言ったらまたリノに叩かれる気がした。

「ケイは、」

ミホが口を開く。ドッペルゲンガーの方を見ている。

「ケイはお腹空かないの？」

ケイが、目を丸くした。


「ああ」

「どうして今さらそんなこと訊くんだい。この世のモノには触れないって、前にも言ったじゃないか」

「あー、ウン。でも、触れないことと、お腹が空かないことは、別かなーって思って」

「……変わってるね、ミホは」

ケイは呆れたように、でもどこか優しい笑みを浮かべて言った。ミホが照れたみたいに笑うのが、オレはちょっとおもしろくない。ミホがそういう顔を見せるのは、ケイタだけだった。ケイタが相手のときだけ、ミホはオンナノコの顔になった。

「ミホ」

夕飯後に、ミホに話しかけた。ミホはさっき見つけた陸上部のジャージ――ケイタは忘れていってしまったのだろうか――を丁寧に畳んでいて、それを見たオレはまた少しつまらない気持ちになった。

「なに？」

「あんまり、ケイと仲良くするなよ」

思ったよりも、ストレートに言ってしまった。ミホが振り返って、キョトンとした。

「あ、いや……ほら、あいつ、ケイタじゃないんだからさ……」

ミホはますますハテナになる。

「わかってる、けど……？」

「わかってんならさ……」

「なに？」

頭をかきむしりたい気分になる。ミホはいつだって人の気持ちに敏感なくせに。こういう気持ちには、ズルイくらいに鈍感なんだ。

「なあ、ミホ。ケイタは……」

思わず手首を摑んでいた。ミホの細い手首は、それだけで折れてしまいそうだ。少しひんやりしている、白い、オンナノコの手……もうダメだった。完全にスパークしていた。頭で考える前に、言葉がほとばしっていた。

「ケイタは、死んだんだよ！　ケイじゃ、その代わりにはならないんだ。あいつとどんなに仲良くしたって、ケイタが戻ってくるわけじゃ、」

「ばかっ」

突然首根っこを引っ摑まれて、オレは息が詰まった。振り返ると、リノだ。

「なにすんだよ！」

「アンタこそ、なに言おうとしてんの！」

オレははっとした。ミホが目を見開いて、下唇を嚙みしめていた。

「アンタがケイのことどう思おうと勝手だけど、それをミホに押しつけるようなことしないでよ！」

リノに怒鳴られた。

大きめの木の陰から顔を出すと、二十メートルくらい先にぼんやりと懐中電灯の明かりが見える。この距離なら、ミホに聞かれることはないだろう。

「別に、押しつけようとしてたわけじゃ……」

「してたじゃない。仲良くするな、とか、代わりにはならない、とか、ケイはケイタじゃない、とか」

「ケイタじゃないだろ、実際！」

オレはムキになって言い返した。

「ケイは、ドッペルゲンガーだ。ケイタじゃない。人間ですらない！」

「そんなこと、ミホだってわかってるわよ」

「わかってるだろうさ！　でも、」

でも、とオレはうつむいた。

ミホがケイを見るときの視線や、表情や、仕草の一つ一つがふっと脳裏をよぎって、それは見慣れたケイタへのそれととてもよく似ていて、思い返すたびに胸の奥がきゅーっと苦しくなる。

「ミホは、ケイにケイタの影を見てるんだよ。オレはただ、それがあんまりよくないだろうって、そう思って……」

リノのため息が聞こえた。

「そうね。それは同感。でも、タイキが言えたことじゃないと思うけど」

オレはぱっと顔を上げた。

「どういう意味だよ」

「タイキも存外、ケイのこと、ケイタと同じように見てる気がするけど、って意味」

「どういう意味だよ！」

リノはすうっと目を細めた。

「ミホがケイのことばっかり見てるから、つまんなくてあんなこと言ったんでしょ。違う？」

「ちがっ……」

違く、なかった。

違くなかったからこそ、図星だったからこそ、カーッと頭に血が上ってしまって、オレはついリノを睨みつけた。

「そういうリノは、どうなんだよ。おまえだって、ケイに対する当たりやったらキツイじゃん。それって、リノがケイに、ケイタの影を意識してるってことだろ。なんか罪悪感、あるからなんじゃないのか？　シュンみたいにさ！」

リノが目を見開いた。

「アンタになにが、」

「やめなよ」

静かな声がすぐそばでして、オレとリノはぱっと口をつぐんだ。

珍しくケイが、怒ったような顔をして立っていた。

「タイキは、普段はしっかりしているのに、ときどき子供っぽいね」

ケイが言った。

「それって、ケイタが思ってたことか？　それとも、おまえの感想？」

「どっちも」

ケイは短く答える。

リノはすでにミホのところへ戻っていたが、オレはまだ戻れずにいた。ミホにはあんなことを言ってしまったし、リノとは気まずいことになってしまって、なんとなく二人のところにはいづらい。結果的にオレはさっきの木の陰にそのままケイといた。ケイはなにも言わなくてもそこにいた。まるで、オレがなにか言いたいのを察したみたいに。

「……おまえさ、なんか昨日より透けてない？」

本当はそんなことを訊きたかったんじゃないけど。ただ、確かにケイの姿は、最初に会ったときより、薄くなっている気がする。

「そう？」

ケイはキョトンとした。

「まあ、だんだん存在が薄くなっているから、かな」

「ミホとリノには全然、透けて見えないのにな。なんでオレだけ……」

少しさびしくなって、それから嫌な可能性に行き当たる。親しい人ほど見えるのであれば、半透明にしか見えないオレは、それだけケイタと親しくなかったということなんじゃないのか……。

「なあ、ケイ」

「ん？」

雑木林の中はしんと静かで、国道をたまに通りすがる車以外、静寂を破るものはほとんどない。自分の声が、やけに大きく響いて聞こえる。オレはチラッと、ミホとリノの方を見やった。暗くてよく分からないが、懐中電灯の明かりが動いているのは見える。

「ケイタは、オレのことどう思ってたんだろ……」

ケイの呆れる気配がした。

「なんでキミたちは、そんなことを僕に確かめたがるのかな。シュンにしても、キミにしても」

「なんでだろうな」

笑ってしまった。確かに。言われてみると、なんでオレはそんなことを確かめたがってるんだろう。ケイタには一度だって、そんなことは訊かなかった。訊かなくたって、友人だと思えていた——あの頃は。

「ケイタは、キミを友人だと思っていたよ。とても気の合う、親友だと思っていた」

ケイの言葉に、不覚にも涙腺が緩んだ。ぎり、と奥歯を噛みしめると、ケイに聞こえたようだった。

「タイキは、ときどきそういう顔をするね」

「そういう顔？」

「泣きそうなのに、泣くのを我慢しているような顔。どうして泣かないの？」

そういえば、ケイタの葬儀でも泣かなかったのだ。四人の中で、オレだけが。どうしてだろう？

「……泣くのはカッコワルイことだと思ったんだ」

言葉にしてみると、そんな気がしてきた。

そうだ。泣かなかったのは、泣いている自分を、ミホに見られたくなかっただけなんだ。大人ぶって、親族に挨拶とかしてみて、涙を見せない強さを見てほしかっただけ。ミホにケイタを見て泣くんじゃなく、自分を見て笑ってほしかった。無理だって、ちょっと考えれば、わかることなのに。

「他には？」

「他？」

オレはケイの顔をまじまじと見た。

「他なんてねえよ」

「そうなの？　それはつまり、タイキにはケイタのために流す涙は、なかったってこと？」

「違う！」

オレはつい声を荒らげた。

「ケイタは泣いて見送られるより、笑って見送ってほしいんじゃないかって、そう思ったんだ！　だから……」

はっとした。ケイが微笑んでいた。

「そうだね。ケイタはたぶん、そう思った。キミはケイタのことを、本当によく理解していたんだね」

ケイの言葉は優しい。優し過ぎて、心のやわらかい部分を軋ませて、ギシギシと痛い。オレはケイの視線から逃れるように、背中を向けた。

「よせよ。オレは自分勝手な人間だ。ケイタのことより、自分のことが大事だった。あいつは、」

涙で送られることをヨシとしないケイタが、いつだって笑顔が魅力だったケイタが、泣いていたのに。オレはそのことを知っていたのに、慰めるどころか、あいつにとてもひどい仕打ちをした。ケイタは、そのことを知らぬまま逝ってしまった――でも。

「あいつは――ケイはきっと、オレがしたことを知ったら、オレのこと、恨むよ」

*

今年の六月。ある昼休みのことだった。

雨が降っていたのを覚えている。オレは四階の音楽室から戻るところだった。四時間目が音楽で、音楽室に教科書を忘れたことに気がついて、取りにいったのだ。

ところで、双町高校の校舎は四階建てなので、四階の上は屋上だ。

件の屋上に出る階段の前を通りかかったときに、ふと声を聞いた。男子生徒の、嗚咽だった。

好奇心半分、心配半分に階段を覗き込んで、驚いた。丸まった細い背中。黒いクセっ毛。だらしなくズボンからはみ出たシャツの裾……施錠されている屋上の扉の前でうずくまっていたのは、見覚えのある親友の背中だったのだ。

ケイタはときおり鼻をすすりながら、声を押し殺すように泣いていた。ときどき漏れる嗚咽が、階段の踊り場に反響して、四階にまで漏れ出ていた。

えっ、なんで？　って思うと同時に、声をかけるべきか、そっとしておいてやるべきか、迷った。突然、ぶぶーっと携帯が唸る。電話だ。ミホだった。慌てて階段から顔を引っ込めると、少し歩いて通話ボタンを押した。

「もしもし」

『あ、タイキ？　急にゴメン。今、ケイタと一緒にいたりしない？』

ドキッとすると同時に、モヤッとした。ミホがケイタの名前を呼ぶとき。ミホがケイタを見つめているとき。ミホとケイタが楽しそうに話しているとき。すっと、胸に忍び込んでくるのと、同じモヤモヤ。

「……いや」

オレは答える。ケイタが泣いていた、と教えるべきかどうか、悩む。

『そっか……』

「ケイタがどうかした？」

問う声が、棒読みのようだった。

『あ、ウウン大したことじゃないんだけど。今日、ケイタ、なんか様子が変で……さっきもお昼ご飯も食べずに教室出ていっちゃって、それっきり戻ってこないから、ちょっと心配で……』

胸の中で、モヤモヤが大きくなった。

ミホがそんな些細《ささい》なことで心配するのは、きっとケイタだけだ。

『ありがとね。これから、四階探してみる』

「……四階には、いないよ」

気がつくと、そんなことを口にしていた。

『え？』

「今、四階歩いてたんだ。音楽室に、忘れ物取りにいってて。ケイタはいなかった。どこにもいなかった」

どこにも。屋上への階段のところにも、いなかった。

『……そっか。わかった。ありがとう。リノに電話してみる』

ぷつり、とミホからの通話が切れて、オレは携帯電話を握った手をだらりと落とした。耳を澄ますと、背後からはまだ、孤独な嗚咽が聞こえていた。

*

「どうしてそんなことをしたの？」

ケイが訊いた。

「どうして、って……」

ミホが好き、とは一言も言わなかった。でも、ここまで言ったら、バカでもわかるだろう？

「タイキは、ミホのことが好きなの？」

ほら、わかってる。

「……ミホはさ、ケイタが好きなんだよ」

オレはぽつりと言った。

「バカでもわかる。ぜんぜん、違うんだよ。オレへの態度と、ケイタへの態度がさ。ヤんなるくらい、顕著なんだ。もうね、笑顔の種類が違うんだよ」

「ミホのこと、よく見てるんだね」

「そりゃ、見てるさ。好きなんだから……」

好き。

その言葉は、なにげなく、ぽろっと、かさぶたみたいに口から剝がれ落ちた。

「ケイタとミホにくっついてほしくなかった」

一度本音を漏らしてしまうと、もう歯止めがきかなかった。かさぶたを剝がした後の傷から、血が止まらなくなるみたいに。

「ケイタははっきりと態度には出さなかったけど、絶対、ミホのこと好きだったと思う。両想《おも》いなんだよ、あいつら。誰も入り込む余地なんてなかった。なのにオレはミホのこと好きになっちまって。二人に嫉妬して、あんな嫌がらせして……」

声が泣きそうだ。いや、もう泣いているのかもしれない。

「オレがあのとき、ミホにケイタの場所を教えてたら。ミホがケイタを、救ってくれてたかもしれない。そしたらケイタは、いきなりいなくなったりしなかったかもしれない。死なずに済んだかもしれない。ここにいるのだって、ケイじゃなくてケイタだったかもしれない」

「結果論だよ。言っても仕方がない」

「わかってるよ！　わかってるんだよそんなことは！」

それでも確かに、オレには罪があるのだと思う。ケイタが苦しんでいたのに、オレはあいつの涙を見てみぬフリして、自分の気持ちを優先してしまった。たとえ、ケイタの死に関係はなかったとしても。それが友人として、ひどい裏切りであることに変わりはない。

「シュンのこと、なにも言えねえんだよホントは……」

笑った声が、干からびていた。

「復讐を受けるべきなのは、オレだ。そうだろう、ケイ？」

ケイはなにも言わなかった。

そのとき、ガサガサッと大きな音がして、ふいに巨大な影が雑木林の奥から飛び出してきた。

猪、だった。

体長は百五十センチもあるだろうか。でかい。基準なんてわからないけれど、でかい。数十センチ先をのしのし歩きながら、ふごふごと鼻を鳴らしている。鼻を地面にくっつけるようにして、においを嗅いでいる。

オレは硬直していた。猪に遭ったときって、どうすればいいんだっけ。熊だったら死んだフリ？　いや、それはマズイんだったか。わからない。どっちにしろ猪に適用できるのかもわからない。

「タイキ」

ケイの声が耳元でして、オレははっとした。

「猪、ミホとリノの方に行くよ」

猪がガサガサとミホたちの方へ歩いていく。食べ物のにおいでも嗅ぎつけているのだろうか。荷物の中には、明日の朝食の分のおにぎりとか、パンが入っている。

「ケイ、猪ってどうすればいいんだ」

「生憎、知らない」

ケイがのんきに言った瞬間だった。

猪が突然動きを速めて、ミホたちに向かって突進し始めた。

「ミホーっ！　リノーっ！」

オレは叫び声をあげた。二人がぱっと顔を上げて、それから自分たちに向かって猛全と駆けてくる猪に気がついたように、さっと顔を青ざめさせた。

「逃げろ！」

ミホがごろんと横に転がって、リノが立ち上がり走り始める。猪はまっすぐにリノを追った。リノは小さめのリュックを背負っている。そのせいか？

「リノ、荷物捨てろ！」

聞こえていない。猪が鼻で膝カックンするみたいに、リノを後ろから突き倒すのが見えた。リノの悲鳴が聞こえる。やばい、やばい、やばい！

走った。決して遅い方じゃない。腐っても運動部だ。それでも、これほど自分の足を遅いと思ったことはなかった。ケイタならもっと、風みたいにビュンビュン走っていくのに。足が回らない。イメージの中にある、ケイタの動きとは、ぜんぜん違う。

なんでこんなにぎこちなくて、無駄が多くて、ぜんぜん、ぜんぜんスマートに走れないんだ。

ショルダーストラップを咥《くわ》えて、猪がリノごとリュックサックを引きずろうとしているのが見えた。ミホがよろよろと起き上がっている。ケイはもとより役に立たない。猪に追いついたところで、オレもどうすればいいのかわかっていない。こんなときケイタがいたら……。

「ばかっ」

　悪態をついた。

「いないんだよ！　もうケイタはいないいんだ！」

　そのとき、真横を、風が駆け抜けた。

一瞬、ケイタかと思った。こんなふうに風を巻き起こしてオレを追い抜かしていくやつを、オレは他に知らない。でも、違う、あれは、

「……シュン？」

　どこからともなく現れたシュンが、猛然と猪に向かって駆けていく。

　シュンは猪が引っ張っているショルダーストラップから、リノの腕を引き抜いて、そのままリノを抱きかかえるみたいにして後ろへ転がった。猪は軽くなったリュック

サックを咥えて、そのままどこかへと走り去った。

すべては数秒の出来事だった。あっけにとられたオレたちが、我に返るまでにかかった時間の方が長かったかもしれない。

「……シュン？」

リノの声で、シュンは我に返ったみたいだった。リノを押しのけるようにして、がばっと起き上がると、誰の顔も見ずに走り出す。

「おいシュン！」

オレは叫んで、その後を追った。シュンは速い。でも、ここは陸上のトラックじゃない。足場だって悪いし、前だって暗くて見えない。なによりすでに、全力疾走した後だ。へばったシュンに追いつくのは、そう難しくなかった。肩を捕まえて、無理矢理引き止めた。

「なんで逃げんだよ」

シュンは黙ったまま、振り向かない。まあ、逃げる理由はなんとなく想像がついたので、オレは質問を変えた。

「なんで、戻ってきたんだよ」

シュンが少しだけ振り返って、情けない顔で笑ってオレを見た。

シュンはあれからずっと、後をつけていたのだという。遠目にミホとリノ（少し足を擦ったくらいで大事はなかったようだ）の方を見ながら、シュンは気まずそうに言った。

「ミホとケイがいなくなってから、すぐに戻ろうって、思ったんだよ。けど、あんな形で飛び出してきちゃったから、なんかタイミングつかめなくてさ……」

逃げようとした理由は、それなのだろう。オレはうなずいて、続きを促した。

「ずっと距離置いて、後をつけてたんだ。野宿するみたいだったから、俺もつかず離れずくらいのところに身を潜めてさ。ただ、寝袋とか、全部タイキたちが持ってたから、どうしようかって、そろそろ出ていかないとなーって思ってたところで、タイキとリノが喧嘩し始めて……」

「あー……」

頭をかく。内容までは聞いてないだろうな？

「それで、今度は猪が出てきて、リノが危なかったから、つい……」

それで出てきてしまうあたり、シュンも大概お人好《よ》しというか、友だち思いだ。

「なんで戻ってきたんだよ」

オレは質問を繰り返した。

「嫌だったんじゃないのか、ケイと旅するの」

「嫌だったけどさ……」

とシュンは顔をしかめてみせてから、ふっと眉間の力を抜く。

「でも、俺、ケイが見えてたから」

オレは首を傾げた。なぜ過去系なのか、よくわからなかった。

「あー、ほら、ミホが言ってたじゃん」

シュンの目が微妙に泳ぐ。

「ケイの姿は、ケイタが生前親しかった人ほど、見えるみたいだ、って。裏を返せば、見えるってことは、ケイタに親しいって思われてたってことだろ？」

「……そうなんかな」

オレはぼそっとつぶやいた。さっき見たときの、存在感の薄いケイの姿を思い出す。

「オレさ、どんどんケイが透けてきてる気がするんだ。そのうち、見えなくなりそうで……それってさ、ホントはケイタに嫌われてたってことじゃないのかって」

「俺なんて、もうケイが見えないんだけどな」

シュンはなんでもないように言ったが、オレは仰天した。

「え？　マジ？」

シュンは淡く笑った。

「たぶん、会ったときから俺が一番見えてなかった。最初はタイキと同じこと考えたよ。他のみんなは見えてるのに、俺だけ見えなくなっていくのは、俺とケイタが仲良くなかったからなんだって。そもそもさ、俺はちゃんとわかってなかったんだ。っていうか、疑ってた。たまたま俺にも見えるだけで、別に友人だからとかじゃないって……でも、そうじゃないんだって、今は思ってる」

「なんで？」

「……それは内緒」

「なんだよそれ」

ケイとなにかあったのだろうか。シュンは気まずそうに笑うだけだ。

「綺麗だよな」

シュンが空を見上げたので、つられてオレも上を見た。雑木林の枝葉の隙間から、星空が見えた。明るい。双町の夜空とは別物だ。ケイタもここから空を見上げたのだろうか。星が見たいと言い出したのはあいつだ。どんな気持ちで、この空を眺めたんだろう？

「ケイタも大概ロマンチストだよな。星が見たいなんて」

シュンがふっと苦笑した。

「俺、思うんだけどさ。過ごした時間に比例してる、とかなんじゃないのかな。ケイがいつまで見えるのかって。ミホが一番長いだろ？　で、次がリノ。俺は中学からケイタを知ってるけど、高校で一緒に遊んだり、話したりした時間は、タイキの方がずっと長いから」

「まあ……そうかもな」

そうかもしれない。はっきりとした確証はない。仮にこの先、その順番で見えなくなっていったとしても、それは偶然で、なんの因果もないのかもしれない。気休めとこじつけ。でも今は、シュンのそういう考え方が、少しありがたかった。

「ま、俺はもうケイが見えないけど、この旅を最後まで見届けるよ。それくらいしか、もうあいつにしてやれること、ないからさ」

その決然とした横顔に、オレもなにか、エネルギーをもらったような気がした。

元の場所へ戻ると、たちまちミホとリノが寄ってきてシュンにガーガー言っていた。逃げ出したことへの非難が半分、助けてもらった感謝が半分。シュンは眉を八の字にしてオレの方を見てきたが、オレは素知らぬふりをした。一度は逃げたんだし、それくらいの罰はいいだろう？　寝袋を広げながら、ちょっとニヤリとする。

「猪怖いから、国道の近くで寝よう」とリノが言って、少し場所を移動した。オヤスミを言い合って、寝袋に潜り込むと、シュンはすぐ寝入ってしまった。疲れてたんだろうな。大活躍だったし。オレはなんだか目が冴《さ》えて眠れなかった。ケイに言われたことと、シュンの言葉が、頭の中をぐるぐる回っている。携帯電話を取り出すと、時刻は午後十一時。

少し迷ってから、ミホの電話番号を呼び出した。深呼吸を一つして、通話ボタンを押しこんだ。

『もしもし？』

予想よりも早くミホが出て、焦った。

『なに、この距離で電話って』

少し眠そうで、少し可笑しそうな声。男子と女子で、寝る場所は微妙に離したけれど、歩いたってせいぜい十歩の距離だ。

『タイキ？』

だんまりのオレを不審に思ったのか、ミホの声が訝《いぶか》しげになる。オレはもう一度、小さく深呼吸をした。

「二つ、謝んなきゃいけないことがあって」

本当は直接言えよって感じだけど。二つ目が、恥ずかしくてゼッタイ無理。

「さっきは、ゴメン」

少し間があって、ミホの返事が聞こえた。

『……ウン、タイキの言ってたこと、正しいと思う』

申し訳なさそうな声だった。

『わたし、ケイにケイタの影を見てる。ケイタを失ってからずっと、胸に大きな穴ぼこが空いた感じなの。それをケイで埋めようとしてる』

嵌《は》まるわけ、ないのにね、とミホは痛々しい声で笑う。

『形、違うんだから。ケイは、ケイタじゃないんだから。ケイじゃケイタの穴は埋められないのに……』

「いや、オレだって、ケイとケイタ、完璧に切り離せてるわけじゃないから……ミホのこと、言えなかった。ゴメンな」

ミホが微笑む気配がする。なんとなく。

『こっちこそごめん。なんか変に気遣わせちゃったね。もしかして、リノがなんか言った？』

「ああ、いや……それはいいんだ。ホントにただ、謝りたかっただけだから」

ウン、とミホが言った。それから、なにかを待つような間があって、オレが切り出せずにいると『もう一つは？』と小さな声がした。

「……二ヶ月くらい、前だけど。校内で、ミホが電話かけてきたことあったろ。雨の日で、ケイタが昼休みにいなくなった、って」

『ああ……うん。覚えてるよ。それが？』

「ゴメン。あのとき、オレ、ウソついた」

四階に、ケイタはいなかった。ミホには、そう言った。でも本当はケイタは四階にいた。屋上への、階段のところで、一人泣いていた。オレはそんなケイタに声をかけず、ミホに居場所を訊かれても、教えなかった……。

ミホはしばらく黙っていた。

『……ウン。知ってた』

オレは自分の口から、間抜けな声が零れ落ちるのを聞いた。

「知ってた……？」

『うん。そのすぐ後に、リノが四階でケイタ見つけたって教えてくれたから。あの日、リノは美術室にいたの。タイキが屋上のところの階段覗いてるの、見たって言ってた』

げっ、と思った。美術室は四階の端《はずれ》にある教室だ。屋上への階段から、一番近い教室でもある。美術室の中にいたなら、教室の前を通りかかったオレの姿は、確かに扉の窓から見えたはずだ。

「……知ってた」

オレは茫然と繰り返した。

「じゃあ、ひょっとしてケイタも？」

ミホが一瞬ためらう気配がした。

『……ウン。教えちゃった……』

頭がグラグラした。同時にオレは、自分が声をあげて笑っているのに気がついた。乾いた笑い声は静かな雑木林によくこだまして、隣で寝ているシュンがうるさそうに唸った。

「そっか。知ってたのか、あいつ……」

だったら、ケイタはオレのことを恨んでいたはずだ。少なくとも、好感は持たなかったろう。じゃあやっぱり、この旅は。

「でも、知ってたんならなんで言わなかったんだよ。ケイタにしたって、ミホにしたって、リノにしたってさ……」

電話の向こうで、ミホが少し戸惑い気味の声になった。

『ケイタが黙っておこうって、言ったから』

ぷしゅう、と頭のどこかで変な音がした気がした。

「ケイタが？」

『タイキがウソついた理由、おれはわかる気がするから、って』

それまでどこか自嘲気味にしゃべっていたオレの奇妙なテンションは、そこで一気に醒《さ》めた。

わかる気がする？

ウソをついた理由は、一つしかない。たった一つの、シンプルな感情。ケイタは、知っていたのだろうか。

「あいつ、怒ってなかったの？」

『タイキのことを？　ううん。なんか苦笑いはしてたけど、別にいいって。タイキがそうするのは、仕方ないことなんだって……』

ああ、くそ。

オレは顔がかーっと熱くなった。

マジでバレてたのかよ。ケイタには、バレてないと思ってたのに。

『ケイタはタイキのことを、わたしなんかよりずっとわかってたみたい。やっぱり親友だね。ちょっと悔しいなって思ったの、覚えてるよ』

「わかってた……」

ミホが笑いながら言ったなにげない一言を、オレはゆっくりと繰り返す。その響きには、不思議な誇らしさがあった。嬉しいような、悔しいような、当たり前のようにそこにあって、でも認めるのはちょっと恥ずかしいような、どこかくすぐったい、ありきたりな感情。

ふいに、ずっと心にかかっていた分厚い雲が晴れていく気がして、オレは少し慌てた。こんなことで、許されていいのだろうか。オレはケイタに謝ってない。もう一生、謝ることなんてできない。あいつには、そのことを恨んで、憎んで、オレを嫌う権利が、十二分に残ってるのに。

……いや、そうじゃない。ケイタがそんなこと、しないのは、オレが一番わかってる。

ケイタがオレのことをわかっていたというのなら。オレだって、ケイタのことをわかっていたんだ。あいつがなんか抱えていたことも。ミホのことを好きなのも。それから……復讐とか、仕返しとか、そんな感情で動くような人間じゃないことも、本当は最初から――。

『ねえ、タイキ。今こんなこと訊くのは、ズルイのかもしれないけど。どうしてウソついたのか、教えてくれたり……する？　その、わたしには全然、わかんなくて……』

「……今度、言うよ」

オレはぽつりと言った。

『え？』

「この旅が終わって、色々整理がついて、言ってもいいなって思えたら。ちゃんと、なんでウソついたのか、言うよ。それじゃ、ダメ？」

シュンがそう決意したように。オレもこの旅を、最後まで見届けようと思う。ケイの姿はもうほとんど見えないけれど。あいつの最後の頼みを、きいてやろうと思う。罪滅ぼしとか、そういうんじゃない。そうすることがたぶん、当たり前に正しい。そうしないと、やっぱり前に進めない。

ミホはしばらく答えなかった。

隣でシュンがなにか寝言を言っている。

夜風に雑木林が唸っている。

国道をトラックが走り去っていく。

風が、強く吹いた。月にかかっていた雲が、すぅっと晴れるのが見えた。

『わかった』

やがて、とっくに切られてるんじゃないかってくらい沈黙していた電話から声がした。

『……待ってる』

胸がきゅーっと苦しくなった。耳が熱い。「ウン」と答えるのが、やっとだった。オヤスミ、とミホが言って通話を切った後も、しばらく頭だけサウナに突っ込んでるんじゃないかってくらい、火照っていた。

結局のところ、オレはケイタとミホを取り合っていたというより、ミホとケイタを取り合っていたみたいだ——そう思うとふいに可笑しくなって、変な笑いがこみ上げた。

「これで、よかったのかな」

オレはぽつりと言った。

「……よかったんだよな」

どこかでケイも笑ったように聞こえたのは、あるいは夢の中のケイタだったかもしれない。

3、西園莉乃

——二年前の八月一日を、私は忘れない。

中学三年の夏休みだった。その日、私はたまたま生徒会の仕事で学校に来ていて、陸上部も練習日だったので、ミホやケイタと一緒に帰ろうという話になっていた。別に私が言い出したわけじゃない。ミホがそう言ったのだ。

用事を終えて校庭へ行くと、陸上部がグラウンドの整備をしていた。ミホは砂場にトンボをかけていた。跳躍の選手じゃないのに、どうせまたいつものお人好しを発揮しているのだろう。

「おつかれ。ケイタは？」と、私は声をかけた。

「あ、リノ。鍵返しにいったんだけど、なかなか戻ってこないんだよね。どっかで道草食ってるのかも」

「わかった。ちょっと探してくる」

校内施設の鍵は基本職員室にあって、運動部がよく使ったりする体育館や、グラウンドの倉庫の鍵なんかもすべて、職員室のボードにかけられている。借りるときは先生に言って、借用表に鍵を借りる場所と自分の名前を記入する。返す人もサインをしなくてはいけない。

職員室へ行くと、ケイタが返しにきたであろう倉庫の鍵は、すでに戻っていた。ケイタの返却サインもある。当人はどこへ行ったんだろう。すれ違った……？

屋上の鍵がなくなっていることに気がついたのは、本当にたまたまだった。ボードに「屋上」と書いてあるところの鍵が消えていて、それが「外倉庫」の鍵の真上だったのだ。

「先生」

近くにいた、体育の坂下《さかした》先生に声をかけた。

「んー？」

「屋上の鍵、ないですけど」

「えっ？」

借用表には記入がなかった。どこの鍵であろうと例外なく、借りるためには借用表に記入が必要だし、特に屋上の場合、ちょっと昼休みに入りたいから開けてくださいというような理由では、貸してもらえないことがほとんどだ。基本的に生徒が借りることはほぼ不可能で、だからボードから消えていること自体、とても珍しい鍵だった。

「おっかしいな。誰にも貸した覚えないんだけど」

「屋上、見てきましょうか？」

今、職員室には坂下先生しかいない。

「悪いな、頼める？」

私はうなずくと、職員室を出てまっすぐに三階を目指した。

屋上の鍵は開いていた。重たい鉄扉を押し開けると、風がゴッと吹き込んできて前髪を吹き上げる。ぱっと夏の夕空が開けて、私は一瞬目を閉じた。ちょうど、茜色の太陽が真正面にきていた。

陸上部のジャージを羽織ったケイタの姿は、向かって左の柵の上に見つけた。そう、ケイタは屋上の柵の上に腰掛けていた。私の胸くらいの高さの、頑丈だけどあまり高くない、触ると手が白くなりそうな灰色の柵。夕日に照らされた横顔が、その赤い光のせいか、妙に思いつめているように見えて、私は思わず声を荒らげてしまった。

「ケイタ！」

「わっ」

ケイタが危なっかしくバランスを崩しかけて、ぱっと柵を摑んだ。

「なんだ、リノか。びっくりするじゃん」

「こっちのセリフよ！　なにやってるの、倉庫の鍵返しに行ったんじゃなかったの？」

「ああ、うん、そうなんだけど、なんか屋上の鍵が目に入ってさ。そういえば行ってみたことないなって思って」

ケイタは、ふらっと近所のコンビニにでも行くような調子で言った。

「借用表に記入しないで持ち出しちゃダメなの、知ってるでしょう？」

「あー、忘れてた……」

ぴょん、と猫みたいに身軽に飛び下りると、ケイタが何かを放ってきた。キャッチすると、屋上の鍵だった。古びたディスクシリンダー錠には掠《かす》れた文字で「屋上」とラベルが貼ってある。

「うっかりしてたよ。ごめん」

ケイタは言って、ポケットに両手を突っ込むとドアに向かって歩き出す。

「帰ろう。ミホが待ってる」

「ちょっと」

私は立ち止まったまま怖い顔をした。

「はぐらかさないでよ。どうして屋上なんか、急に来ようと思ったの？」

うっかりなんかで、屋上の鍵を持ち出すほど、ケイタは馬鹿じゃない。

「別に。ちょっと夕焼け見たかっただけ」

「ウソ。そんなロマンチストじゃないでしょ、ケイタ」

「ひどいなあ。おれはけっこうロマンチストだよ」

ケイタがにっこり笑って言ったが、私は笑えない。

屋上を風が吹き抜けていく。校庭から、誰かが誰かを呼ぶ声がした。チャイムが鳴っている。十八時を知らせる『夕焼け小焼け』。もう下校しなきゃいけない時間だ。もうすぐ、校門が閉まる。

それでもじっと立ち尽くしていると、ケイタがふっと笑みを消した。

「……ねえ、リノ、」

それは、私が初めて見る表情だった。ケイタがいつもまとっている、イタズラっぽさが欠片《かけら》もない無表情——まるで、仮面が剝がれた素顔みたいだった。それでいてどこか笑っているようなのが、とても不気味だった。

「死にたいって思ったこと、ある？」

＊

「なあ、リノ」

野宿明けの朝、午前八時。テントを畳んでいたら、タイキが声をかけてきた。

「なに？」

「ケイ、知らない？」

私は眉をひそめた。ケイならタイキの背後をぷかぷか浮かんでいる。

「なに言ってるの。真後ろにいるじゃない」

「え？　あ、ああ……そっか。じゃあ、もう……」

後ろを振り向いたタイキは、なんだか変な顔をして、ケイに話しかけるでもなくぶつぶつ言っている。変なの。

「あ、それと、昨日は、ゴメン」

かと思うと突然振り向いて頭を下げてくるので、私は目を丸くした。

「えっ、なに？」

「あれっ。オレら喧嘩してることになってなかったっけ」

「あ……そうだっけ」

昨晩は猪に襲われたので、そのショックで色々吹っ飛んでしまった。でもそういえば、確かにタイキとは少し気まずいことになっていたっけ。

なんだよ、こっちは声かけんのすげえ気まずかったのに、とタイキは苦笑して、

「八つ当たりして悪かったよ。ホントにゴメン」

と、もう一度謝ってくる。

「ああ、ウウン、私こそ、ちょっと冷静じゃなかった……」

そう思う。本当に。

「いいよ。リノの言ってたこと、正しいし。じゃあ今日も頑張ろうぜ」

ニッと笑って離れていくタイキの背中を、私は微妙に罪悪感を覚えながら見送った。

徒歩の旅、三日目。この三日間、私はずっと、自分が冷静でいられた自信がない。

原因はわかりきっている。あの、ケイタにそっくりな幽霊もどきのせいだ。

国道のアスファルトを踏むと、ふくらはぎがジン、と痛むのがわかる。午前中の、

あまり強くない日差しにさえ頭がクラクラする。運動は、昔から苦手だ。足も遅いし、体力もないし、球技音痴。アウトドア派のミホやタイキたちとつるんでいるのが自分でも不思議なくらい、私はインドア派なのだ。

「リノ、足大丈夫？」

前を歩いていたミホが振り返って心配そうな顔をした。

「うん。なんとか」

「荷物少し持とうか？　俺、昨日ずっと手ぶらだったし……」

シュンが申し訳なさそうに言うのには、首を横に振る。

「無理すんなよ。リノは運動不足なんだし」

タイキがニヤッとした。五人の中で、私だけ文化系なのをいつもからかってくるのだ。

「失礼ね。運動くらい、してるわよ。前にも言ったでしょ」

「あー、そういえば。なんだっけ？　ランニングだっけ？」

「ジョギング。県境に川があるでしょ。あそこをずーっと川沿いに」

「ああ……なんかケイタも言ってたな。その辺、走りやすいって」

「そう。前にケイタが教えてくれたわ……」

私はチラッと、先頭を黙々と歩いていくケイの背中を見やった。

ケイタにそっくりの、ドッペルゲンガー。昨日タイキに言われたことは図星だった。人のことは言えない。私だって、ケイにケイタの影を見ている。でも、ケイタじゃないってことだって、ちゃんとわかっているの。コイツはただの影。鏡に映った、ケイタの虚像。わかっているからこそ、ケイタがいなくなっても鏡に映り続けているケイが、不気味で怖い。

「リノ、顔怖いよ。すごく怖い」

シュンに言われて、顔をしかめた。ますます怖い顔になったかもしれない。

山道は徐々に傾斜を増し、ぐねぐねと曲がりながら山頂へと近づいていった。結局私は、荷物の一部をシュンに取られた。「のろい」とタイキが言って、私からテントの包みを奪ったかと思うと、ニヤニヤしながらシュンに押しつけたのだ。シュンはシュンで「いいからいいから」と私から逃げるみたいに先頭へ行ってしまうし、荷物は軽くなったけれど、今度は変な罪悪感が背中にのしかかってくる。

「気にしなくていいんじゃないかな」

ミホが可笑しそうに言った。

「せっかくだから、持ってもらえばいいよ」

「私が気遣われるの嫌いなの、知ってるでしょ」

「知ってる。みんな知ってる」

ミホはケラケラと笑った。確かに、みんな知っていた。なにもかも一人でやろうとするのはリノの悪いところなんだ、なんて吹聴したのはケイタだっけ。

ケイタのことを思い出すと、彼はいつも笑っている。でも、その笑みがどこまで本物だったのかと考えると、胸がぎゅっと締めつけられたように苦しくなる。あの頃のケイタは、一度でも、心から笑えていたのだろうか……。

「ずっと、ケイタは最期のときなに思ったんだろうなって、考えてるの」

ミホの瞳に、夏空がぼんやりと映っている。

「でもぜんぜん、わかんないんだよね。ケイタっていつも、なに考えてるのかわかんない」

「ミホでもわからないんだな」

タイキが振り向いて、不思議そうに言った。

「わかんないよ。ぜんぜん。ケイタのこと、わたしはぜんぜんわかってなかったと思う」

ミホは笑って言ったけれど、目が寂しそうだった。

「心の壁、っていうのかな。誰でも持ってるじゃん？　特に初対面なら……ケイタはそれを、いつだって一跨《ひとまた》ぎにひょいと越えてくる。そのくせ、自分の壁はなかなか越えさせてくれないんだ」

「ああ、ちょっとわかるな」

　タイキが言った。

「越えさせないっていうか、越えさせてはくれるんだよ。でもコレ、きっと一番外側だろーなって感じ」

「そう、そんな感じ。ケイタは心の壁をいくつも持ってて、でもたぶん、一番奥の壁は誰にも越えさせたことがないの」

　ミホが私を見た。

「リノはどう？」

「私は……」

　私は、その最後の一枚の向こう側を、少しだけ覗いたことがある。思い出しただけで、背筋をすっと氷のような悪寒が走った。

「リノ？」

「……ううん。私もわからない」

ミホの顔は物問いたげだったが、私はそれを拒絶するようにフイと顔を背けた。

その壁の向こうには、ケイタの〝底〟があった。ケイは、ドッペルゲンガーでも、幽霊でもないのだ。きっと、その底からやってきたもの。ケイタが死ぬとき、ケイタの心の壁の、最後の一枚を内側から蹴破って、出てきてしまった薄暗い感情の残留物。

最初に会ったときから、ケイタにとてもよく似ていると思った。顔の造形とか、そういう話じゃない。その淡々とした無表情は、あの日屋上で唐突に笑顔の仮面をかなぐり捨てたケイタの素顔と、本当に瓜《うり》二つなのだ……。

シュンの呼ぶ声がした。いつのまにか視界が開けている。透き通った空に、もくもくと入道雲が浮かんでいる。すでに陽は高い。ゴッと吹き抜ける風は、屋上で浴びる風と少し似ている気がした。高い場所の風だ。まだ、誰にも触れられていない風。私たちが初めて触れる夏の風。

ケイは立ち止まっていた。私たちが追いつくと、すっと前方の山岳の一つを指差して、静かに言った。

「あれだ。あれが烏蝶山だよ……」

それからは三日間の疲れがどっと出たみたいに、私たちは黙々と烏蝶山の麓を目指して歩き続けた――いや、疲れというのはきっと言い訳で、本当は誰もが不安と緊張で知らず知らずのうちに唇を引き結んでいたのだと思う。山が近づいてくるにつれ、それはますます大きな雲となって、私たちの上に薄暗い影を落としていった。烏蝶山が放つケイタの死の残り香を、誰もが色濃く感じていたのだ。

＊

「けっこう、不気味だな」

タイキが感想を漏らした。登山道は、木々の影に埋もれて薄暗くその口を開けている。

私たちは、烏蝶山の麓にたどり着いていた。すでに陽は落ち始めて、山は辺りにその広大な影を長く伸ばしている。そこら中でヒグラシが鳴いている。カサカサ鳴る草の音に、なぜかいちいち神経が逆撫《さかな》でられる。

「中腹にキャンプ場があるんだよな、確か」

タイキが言った。

「中腹って言っても標高９００ｍくらいあったわよ。まあ、ここもそこそこ高いけど」

　私は言う。

「どうする？　登っちゃう？」

　シュンは少し不安そうに峰を見上げた。

「夜だし、危ないかも……猪のこともあったし」

　ミホは下唇を噛む。

「どの辺なの、ケイ」

　私が訊ねると、ケイは黙って山頂を指差した。

「ケイ、なんだって？」と、タイキ。

「山頂だってさ」

　っていうかアンタ、自分でも見てたでしょ。

「なるほどね……ケイタらしいや」

　タイキが苦笑いして、どっちにしろひとまず休憩にしようと提案した。いい考えだった。疲れていた。みんな。それはきっと、身だけでなく心も。車が来ないのをいいことに、登山道前の道路にめいめい座り込んで深く吐息をつく。私は登山道からかなり離れたところに座った。なんだか、嫌だったのだ。魔物の口のようにその顎《あぎと》を広げている、登山道の薄暗い闇が。結果的にみんなからもかなり離れてしまう。

烏蝶山を見上げて目を細めていたら、ふっと声をかけられた。ケイだった。

「顔色が悪いよ」

「誰のせいだと思ってるの」

私は冷たく言い放つ。

そう、全部コイツのせいだ。ケイタさえ、コイツが殺したんじゃないかと思いたくなる。よく言うじゃない。ドッペルゲンガーに会うと、死ぬって。ケイタは死んだのよ。ケイに会ったから。

「僕のせいだって言うのかい？　徒歩に関して言えば、」

ケイがすっとぼけた解答をしようとするので、私はますます声を凍《い》てつかせた。

「そっちじゃないわ。そもそも元をたどれば、アンタが来たせいで旅なんかしなきゃいけなくなったんでしょって話」

「キミたちは、僕のために旅をしているわけではないだろう？　ケイタのためだ」

「責任転嫁ね。アンタだって、ケイタみたいなもんでしょ。ドッペルゲンガーなら」

「違うよ。僕はケイタじゃない」

「はいはい。ケイね。アンタは、ケイ」

私はイライラして足元の石を蹴飛ばした。

あまり、感情を表に出すタイプじゃない。クールとか、ドライとか、冷静とか、落ち着いているとか、大人びているとか、そんなふうにばかり言われる。間違っちゃいないとは思う。私は、その逆が全部苦手なの。熱くなれない。ウェットになれない。情熱的になれない、騒がしくなれない、子供っぽくなれない。

でも、今の私は感情的だ。とても。どこか子供じみていて、ウェットな感じがする。

「アンタの言ってることって、本当に本当なの？」

私は言葉の棘《とげ》をケイに投げつけた。

「ケイタの最後の願いって。アンタがそう言ってるだけで、本当にそれがケイタの願いかなんて、証明しようがないじゃない」

「そうだね」

ケイは素直に言った。

「へえ。認めるのね？」

「でも確かに、ケイタの願いなんだ」

私は鼻を鳴らした。イタチゴッコだ、こんなの。

「そんなに僕を疑っているのなら、キミはどうしてこの旅に同行したの」

「アンタが怪しいからよ。みんなが騙されても、私は騙されない」

「それが証明できないでしょって話でしょ」

ああ、ばかばかしい。ケイは、ばかだ。私も、ばか。きっと。

「……ケイタは、なんで死んだのよ」

私は、ぽつりと言った。独り言のつもりだった。

「事故だよ」

ケイが答えた。私の中で、理性の枷《かせ》にヒビが入るのがわかった。

「事故？」

はあ？　と笑う。

「じゃあケイタは事故に遭うために家を出て、山を目指して、ずっと歩いたとでもいうの？　不自然過ぎるのよ！　そんなの！　あり得ない。ケイタには何か目的があったのよ。理由があって、目的があって、ここへ来ようとした。そこで死んだんなら、そこには絶対、意味があるのよ！」

ほとんど喚いていた。

「目的や、理由がないと、旅もしちゃいけないのかい？」

「いけないわ」

「騙してないよ」

私は言った。

「アンタがどうかは知らないけど。フツウの、イッパンテキな高校生が、理由や目的もなく旅をするのは、不自然だわ」

言っていて、なにか矛盾していると思った。なにが？　わからない。今の私は冷静じゃない。いや、最初からずっと、冷静でなんか、なかったかしら？

もう、いいと思った。感情を抑える意味もわからない。ウェットでも、パッションでも、なんでもいい。心の限り、あらんかぎりの感情の濁流を、コイツにぶつけてやりたいと、そう思っていた。

「なに？　そもそもなんなの？　アンタの狙いはなんなのよ。ドッペルゲンガーとかなんとか言って、要するに悪いものなんでしょう？　ケイタの怨念なんでしょう？　気に入らない人間を呪いにきたんでしょう？」

「ど、どうしたのリノ」

騒ぎを聞きつけてきたミホが、私を見て目を丸くした。ミホは知らない。私のこんな醜い姿も、感情も。タイキとシュンは、身じろぎできずに固まっている。ケイだけが、私を見つめて吹かれるはずのない風に吹かれていた。それはあの八月に、夕暮れ時の屋上で吹いていた風と、どこか似ている気がした。

「私は知っているのよ」

ケイを睨んだ。声が、震える。

「ケイタに、自殺願望があったこと、知ってるのよ」

＊

「死にたいって思ったこと、ある？」

ケイタの顔には、微塵の冗談もなかった。

校内放送がかかって、あと五分で下校するようにと促す声がした。屋上に吹く風が、急に強くなった。少し肌寒い。でも鳥肌が立っているのは、それとは無関係だった。

「……なに言ってるの」

「おれはあるよ」

ケイタの顔に、儚い笑みが浮かんだ。

「死にたいって、思ったこと、ある」

私は言葉を失った。

「飛び降りってさ、一番楽なんだって。傍から見てるとすごく痛そうだけど、死ぬ本人は痛みを感じる間もなく逝っちゃうんだって」

ケイタは屋上の柵を指差して、世間話でもするみたいに言う。

「屋上から飛び降りってよくあるじゃん？　どんくらい怖いのかなーって思って。けっこう高いのな。おれ、高いとこ苦手だし、飛び降りは無理かな……」

「やめて！」

悲鳴染みた声が出た。ケイタがはっとしたように私を見て、目が覚めたみたいに頭を振った。

「……ゴメン。嘘《うそ》だよ、リノ」

そう言われても、肩の震えはおさまらなかった。ケイタは慌てたみたいに私の頭をぽんぽん撫でて、死なないよ、と繰り返し言った。

「冗談だよ、リノ。冗談。ゴメン。ちょっとやり過ぎた。ホントにゴメン」

本当に？　とは訊けなかった。ちょうど屋上の扉が開いて、坂下先生が顔を覗かせたからだ。

「おーい西園、鍵あったのか？」

ケイタがぱっと私から離れた。

「あ、おれです先生、おれが鍵持ち出しちゃったの。ごめんなさい」

いつもの人好きのする笑みを浮かべて、坂下先生に鍵を返しに行くケイタの背中を、私はぼんやりと見送ることしかできない。

その日の夜、ケイタに電話をかけた。一回目は出なかった。でもこの時間でケイタが寝ていることなんてあり得ない。もう一度かける。呼び出しコールが十回くらい鳴って、もう一度かけ直そうかと考え始めた頃、ケイタが出る。

『もしもし』

自分でかけたくせ、うまく言葉を見つけられなくて黙っていると、ケイタの笑う声がした。

『珍しいね。リノが電話なんて』

確かに珍しい。私は普段、人に電話なんてかけない。電話は苦手だ。相手が出るかどうかもわからない、十数秒の呼び出しコールを聞く間、寿命がシャリシャリと削られる感じがする。

「今、なにしてるの」

なんとなく、世間話から入ってしまう。

『テレビ見てる。映画。スタンドバイミー。わかる？　線路の上旅するやつ』

「ああ、スティーブン・キングの」

『……誰それ？』

私はため息をついた。

「スタンドバイミーの、原作書いた人よ」

『へえ……原作なんかあったんだ』

まあ、大抵の人は原作者なんて興味がない。

「今日、どっかでやってるの？」

『いや。ＤＶＤだよ』

「洋画好きだっけ？」

『まあまあ』

「ふうん」

私はふうんと言ってまた黙り込む。なんでこんな話してるんだか。本題はスタンドバイミーでも、スティーブン・キングでも、洋画でもない。

「……さっきのこと、だけど」

深呼吸をして、私は口火を切った。

『さっき？　……ああ、屋上の？』

一瞬すっとぼけようとして、諦めたような言い方だった。

『まだ気にしてたの。冗談だって言ったじゃん』

「ウン……」

結局すっとぼけられているような気がする。

『おれからは別に、話すこと、ないよ。本当にちょっと、屋上出てみたかっただけだから。死のうなんて、思ってないよ。ホントに』

ケイタの声は飄々《ひょうひょう》としている。普段から、そういうやつなんだと思っていた。でもひょっとすると、それは演じているだけだったのかもしれない。

「死にたいって思うことは、あるのね？」

三秒くらい、意味深な間があった。

『そんなことないよ』

とケイタはぼそりと答えた。あの間の後で、そのごまかしはないだろうと思う。

「うそ」

『ないよ』

「うそだよ」

『ないってば』

「うそつき」

ケイタが黙り込む。電話を切られそうな気がして、私は慌てて正しい言葉を探す。

「ねえ、ケイタ、」

……正しい言葉って、なんだろう。この場合。なんて言ってあげれば、いいんだろう。

「……私は、ケイタが死んだら、悲しいよ。ミホだって」

結局安易に罪悪感を抱かせようとすることしかできない自分に、少し嫌気が差す。

ケイタはまだ黙っていた。電話を睨んで、切ろうかどうか、迷っているケイタの姿を私は思い浮かべた。切られたら、どうしよう。もう一度電話しても、今日は出てくれないだろう。いっそミホに相談しようかと考えていると、電話のスピーカーから蚊の鳴くような声がした。

『ねえ、リノ。今から会える？』

私とケイタとミホの家は近い。同じ市内で、同じ学区で、小学校だけ違ったけれど、中学は同じところへ通っていた。勝手は知っている。互いの家から、同じくらいの距離に、小さな公園が一つある。遊具なんて滑り台くらいしかないような、本当に小さな公園だ。ケイタは滑り台のてっぺんに座っていた。どういうわけか、今も陸上部のジャージ姿だった。

「やあ」

私を見つけるとそう言って手を挙げる。私は返事をしようとしたが、言葉がうまく出てこなかった。ケイタの左頬が、真っ赤に腫れあがっていたからだ。

「どうしたのその顔……」

「ああ……ン、親父に殴られた」

なんでもないように言う。

「どうして？」

「理由はないよ。酔っぱらうとしょっちゅうだ」

「そんな……」

そういえば、私はケイタの親の顔を知らない。ミホの両親には、文化祭とか、体育祭でちょこちょこ会っているけれど、ケイタの親がそのテの行事に顔を出すのは、一度も見たことがなかった。ケイタはむしろ、ミホの両親と仲が良かった。まるで花野家の子供みたいに、よく懐いていた。

「三年になるちょっと前に両親が離婚したんだ」

いきなりだった。ケイタはいきなり、そんなふうに話を始めた。

「えっ？」

「もともとどっちも忙しくて、あんまり家にはいなくてさ。いても、忙しいせいかイライラしてばっかりで、しょっちゅう喧嘩してた。昔は違ったのかもしれない。物心つく前は、いい家族だった記憶があるような気もする。でもまあ、とにかく結果的に、離婚した。おれは親父に引き取られたから、苗字《みようじ》が変わんなくて、別に言うようなことでもねえし黙ってた」

「そう、だったの……」

やっとのことで相槌を打つ。ケイタは滑り台の上で膝を抱えた。

「なんかね、母さんもそうだったけど、親父はおれのことが邪魔みたいだ。じゃあなんで生んだんだよって感じだけど。めんどくさいんだろうな。結婚して、フツウに幸せな家庭作ろうとして、でも上手くいかなかったから、その副産物みたいなおれが二人とも邪魔で邪魔でしょうがないんだ。どっちが引き取るかですごい揉めたらしいし」

ケイタは熱に浮かされたようにしゃべった。たぶん、一気に話したかったんだと思う。だから私も口をはさまなかった。半分は、はさめなかったというのが正直なところだけど。

「酒に酔うとさ、親父がよく言うんだよ。おまえさえいなければ、って。おれがいなければなんなんだよって感じだけど。まあ、自由になれるってことなのかな。気が立ってるとたまに殴られるんだ。ヨッパライのパンチなんてたかが知れてるけど、今日はたまたま当たりが悪くてさ……いつもは上手く避《よ》けるんだけどね」

ケイタは頬を押さえて、壊れたラジオみたいに笑った。どうして笑うの？　さっきから、なんでそんな顔で、そんな話をするの？

「それ、ミホは知ってるの……？」

ケイタは曖昧に笑った。私も訊く前から答えはわかっている気がした。ミホが知っていたら、絶対放っておかない。ケイタはずっと隠してきたのだろう。だからいつも、笑っていたのだろう。こんなときでも、笑って話そうとするのだろう。まるで道化師《ピエロ》だ、と私は思った。笑顔なのに、涙のメイクを入れるピエロの話。自分の悲しみを押し込めて、人を笑わせようとする悲しいピエロ。

「……死にたいって、思うよ。たまにね」

ケイタがぽつりと言った。

「いてもいなくても同じじゃないかって。泣きたくなる日もある。でも、死のうと思ったことはない。これも本当だよ。ミホとか、リノがいるから、それなりに楽しいし。大人になるまでの辛抱かなって、思ってるよ。今日はちょっと、部活出る前から親父が機嫌悪くて、気が滅入《めい》ってて、それで少しだけ三途《さんず》の川覗いてみようかって思ったんだ……」

そこでようやくケイタの笑みが引っ込んで、語るべき言葉を語りつくしたみたいに口も閉じられた。

「三途の川、見えた？」

私は小さな声で訊いた。

「いんや。校庭と、夕焼けだけ。すぐにリノが来たから」

「私が屋上行かなかったら、死んでたの？」

「まさか。フツーに怖かったし、飛ばなかったよ」

そういうふうには、思えなかった。

「二度とやらないで。命の恩人になんか、なりたくない」

「……ゴメン」

「謝んないでよ」

私は滑り台を上った。ケイタの丸まった背中が見えて、ちょっとだけさすった。驚くほど細い体だ。陸上をやっているからだとずっと思っていた。

「ご飯、ちゃんと食べてるの？」

「へいきだよ。それは」

「お昼、いつも購買だよね。栄養とか、絶対偏ってるでしょ」

「なんかリノ、お母さんみたいだな」

ケイタの背中が震えて、笑ったのがわかった。

「ゴメン。聞いてくれてありがとな、リノ。こんな暗い話」

ケイタは滑り台を下りてしまった。すすーっと滑って、スタッと着地して、変なポーズを決めてみせる。

「でも、ミホには内緒にしといて。あいつ絶対、勘付いてるけど、これ以上心配かけたくないから」

台の上の私を振り向いて、ケイタはニコッと笑った。

高校に入ってからも、ケイタはピエロを演じ続けた。陸上部に入り、タイキとつるむようになって、相変わらずよく笑っていた。傍目には、高校生活を満喫しているように見えた。もちろん、すべてが演技だったとは思わない。ケイタだって、青春真っ盛りのティーンエイジャーなのだ。心から笑っていた時間が皆無だったなんて、そんな悲しい高校生がいてたまるものか。

それでも、やっぱりケイタは影の付きまとう少年だった。ときおりふっとその顔に影が差すのに私は気がつくことがあった。そういうときのケイタは、決まって高いところを見ていた。空や、校舎の屋上や、ビルのてっぺんを見ていた。

二年になってから一度、校内で泣いているのを見かけたことがある。タイキがミホにつまらないウソをついた、六月の出来事だ。あのときの真実を、タイキもミホも一部しか知らない。タイキは自分がウソをついたことを、誰にも知られていないと思っている。それからミホは、ケイタが泣いていたことを知らない。ケイタがそれを、内緒にするように私に頼んだからだ。私とケイタだけが、すべてを知っている。

「ねえ、みんなにも、教えるべきなんじゃない?」

それからしばらくして、二人で話したことがある。

「なにを?」

ケイタはけろっとして訊いた。

「なにを、って……」

中学三年の夏、私に話してくれたことを。

「リノにも、言うべきじゃなかったな」

ケイタは少し苦い顔をしていた。

「あんまり変に抱え込んでほしくないんだよ。言ったら、みんなリノみたいになっちゃうんだったら、おれは言いたくない」

「でも……」

そうしたら、ケイタだけがずっと一人で、苦しみを抱え続けることになる。ケイタがどう思っているのかは知らないけれど、見ているこっちからすれば、崖の縁をフラフラ歩いているような危うさがあるのだ。いつ落ちてもおかしくないアンバランス。声をかけるのもためらわれるような——それでもできることならその手をつかんで、こっち側に引き止めておきたい。

「大丈夫だよ、リノ」

ケイタはへらっと笑って言った。あの夏に、滑り台から下りた後彼が見せたのと同じ、ピエロの笑みだった。

「大丈夫だよ。自殺なんかしないからさ」

「……でも、ケイタは死んだわ」

＊

太陽が山の峰に赤い残滓《ざんし》を残して沈み、あたりはすぅっと薄闇に包まれる。みんなの顔も影が濃さを増していた。でもそっちはきっと、私のせいだ。

「ケイタは、すごくギリギリのバランスを保って、生きてる感じがした。私は、秘密をバラしてケイタのそのバランスを壊してしまうのが怖かった。だからずっと、ミホにだって、言わなかった」

でも結局。ケイタは、死んだ。

どうして私にだけ、話したんだろうと思う。ミホにだって言わないことを。タイキやシュンにだって相談しないことを。なんで私に。ケイタが死んでしまった今になって、なんとなく、その答えがわかる気がする。近過ぎず、遠過ぎない。私とケイタの距離は、ちょっと特別だった。ケイタの抱える闇は文字通りブラックホールのようなものだったのだと思う。近づき過ぎれば吸い込まれ、遠過ぎれば近づくことを躊躇《ちゅうちょ》してしまう。私だけが、その中間にいた。ブラックホールの中心にいたケイタに、手を伸ばすことができた。あれは、ケイタなりのSOSだったのだ。私は彼を、助けなければいけなかったのに。

「自殺だった……ってことなのか」

タイキが掠れた声でつぶやいた。シュンが息を呑み、ミホが硬直するのがわかった。

結局のところ、私のせいだ。ケイタの心の壁。その、一番奥の一枚。その向こうにあったケイタの思いは、誰にも知られることなく、どんどん重さを増して、ケイタはそれに耐え切れず死んでしまった。私は知っていたのに、なにもしてあげることができなかった。私だけが、なにかしてあげられるはずだったのに。

だから、ケイが来た。私を裁きにやってきた。裁かれるべきなのは、シュンでもタイキでも、ましてやミホでもないのだ。

「私のせいなのよ」

今さら、だ。本当に、今さら。

「私がケイタを殺した。だから、」

「ケイタは、自殺ではなかったよ」

ケイは短く言った。

私は目を見開く。ケイは私たちを、順繰りに見渡して、それから山のてっぺんを指差した。

「あそこへ行けばそれがわかる。だから最後まで、僕についてきてほしい」

「違う！」

私は喚いた。

「私のせいで死んだのよ！」

「いいや」

ケイは妙にキッパリと言った。

「ケイタの死は、誰の責任でもなかった。事故だった。しいて言うなら、ケイタの責任だ。それは警察が教えてくれたハズだよ。日本の警察は、とても優秀だ。彼らが自殺じゃないと言うのなら、そうなんだよ。それに自殺なら、わざわざ烏蝶山へ来る必要はない。キミが言ったじゃないか。そんなのは、不自然だ。理由がない。意味もない。中学のときのように、高校の屋上から飛べばいい」

「でも」

「ケイタには他に、この場所へ来たい理由があった。それは、これから僕がキミたちに見つけてほしいものにも関係のあることだ」

ケイの声はケイタの声によく似ている。当たり前か。ドッペルゲンガーなんだから。

でも私には、この三日間で初めて、それがケイタの声に聞こえた。

「お願いだ。キミたちにしか、頼めないんだ」

ぽん、と背中を叩かれた。ミホがなんとも言えない顔で笑っていた。

「リノが一人背負いこむこと、ないよ。もしリノが思うように、ケイタが自殺で、最後の願いが復讐だっていうんなら、リノ一人にそんなもの背負わせたわたしも、同罪だよ」

「そこは『わたしたち』な。オレとシュンだって、色々後ろめたいこと、あるしな」

タイキが言って、シュンがコクコクとうなずいている。

私はケイを見た。

ケイが何かを促すように、浅くうなずいた。

「僕の言葉が信用できないのは、わかる。だから、ケイタが遺したものを見てくれ。それでもなお、僕のことが信用できないというのなら、そのときは仕方がない。回れ右して、帰ってもらってかまわないよ」

「……そうしたら、ケイタの願いはどうなるの」

「かなえられないだけだ。僕はそれが、とても悲しいことだと思うけれど、キミたちが嫌だと言うのなら、もうどうすることもできないから」

私はもう一度、みんなを振り向いた。三人が私を見返して、一様になにか言いたげな顔をした。……そんな目で見ないでよ、もう。

「……わかったわよ」

私はため息をついた。

「登りましょう」

みんなが騙されないように、とここまで来たのだ。最後まで付き合う義務も、あるだろう。

＊

月が少しずつ空を昇っていく。

「そういえば、ケイタと一緒にいたっていう女の子、どうなったんだろうな」

山を登っている途中で、タイキが思い出したように言った。

「女の子？」

と、私は首をひねる。

「ほら、漫画喫茶でさ」

「ああ、そういえばそんな話あったね」

シュンが腕を組む。

「最後まで一緒だったのかなって思ってさ。ケイタが発見されたときは、その……一人だったんだろ？　どうなったのかなーってずっと気になってたんだ」

タイキは山の上をぼんやり見据えていた。

「そもそも、なんで一緒にいたんだろうな」

「カノジョ、とか？」と、シュン。

「ええー、いたの？」

タイキは苦笑いしている。

「あいつ、なんだかんだモテたけど、そういう感じじゃなかったと思うなあ」

だんまりのミホが、肩を強張らせている。

「……もしかして、だけど」

私はぼそっと言った。

「その女の子も、死んじゃってるんじゃないの」

「え？」

タイキとシュンとミホが一斉に振り返った。

「いや、あの、ほら、最初にミホが、この旅スタンドバイミーみたいだねって言ったでしょう？　だから、ひょっとして、そういう結末だったら本当にそうだなって……」

うまく伝わらなかったみたいだ、三人ともキョトンとしている。

「ええと、つまりね――自殺だって喚いてた私が言うのもなんだけど――私たちの旅も、死体探しの旅だったのかなって意味。もしその子が死んじゃってるのなら、その死体はまだ見つかってないってことでしょう？　ケイタしか発見されなかったんなら……。ケイタの見つけてほしいものが、それが最後の願いなら、もしかしたら、ってハナシ」

突拍子もないことはわかっている。でも、そうだったら、お話の結末としては一つ、綺麗なオトシドコロのような気もする。少なくとも、自殺よりは。そんな都合で人を死んだことにしてしまうのも、それはそれでひどく傲慢な気がするけれど。

「その子を、見つけてくれ、ってことなのか……？」

「仮説よ、仮説」

私は慌てて言ったが、タイキは妙に納得したみたいだった。

「いや、それで合ってるんじゃないのか。ケイに訊いてみろよ」

私は訝しんだ。ケイなら、タイキの目の前にいる。

「ねえ、タイキ。どうして目の前にいるのに、自分で訊かないの？」

タイキが「げっ」という顔をした。その後ろで、なぜかシュンも同じ顔をする。

「なに、二人して気まずい顔して」

「あー、いや、その」

私はため息をつく。タイキもシュンも、大概ウソがヘタだ。

「……見えないのね？」

私が言うと、タイキが目を見張った。シュンに至っては私のテントを落っことした。

「なんでわかんの」

「だって。それしかないでしょ」

そうか。やっぱり、見えなくなっているんだ。あの幽霊もどき、だんだん本当に透けてきたような気がしていたけれど、気のせいじゃなかった。

「え、タイキとシュン、ケイが見えないの……？」

とミホが振り返った。なんで隠してたの、と怒る彼女に、心配かけないようにとかなんとか二人が言い訳している。私は複雑な気持ちでケイを見やった。いつかは見えなくなる幽霊。さっさと消えてしまえばいいと思っていた。なのに今は……どうしてこんな気持ちになるんだろう。

「いいわ、私が訊く」

振り切るように、私はタイキの質問を代弁した。

「ケイはその子の居場所、知ってたりするの？」

ケイの肩が、ぴくりと動いたように見えた。

「……ああ、知っているよ」

「知ってるの!?」

私は仰天して目を白黒させた。答えるとは思っていなかったし、知っているとはなおさら思わなかったのだ。

「知ってるってどういうこと！」

ミホも噛みついている。

ケイは振り向かないまま、軽く肩をすくめた。

「そのままの意味だよ。僕はその子の居場所を知っている」

「じゃあ……」

じゃあ、本当に？　本当にケイタの最後の願いは、

「これから行く場所は、その子の死体のある場所なの？」

ケイは静かにかぶりを振った。

「半分正解、とだけ言っておくよ」

ケイがようやく立ち止まった。

「もうすぐだ」

キャンプ場を過ぎ、登山道から外れ、森の中の獣道をたどり始めてから小一時間。

ケイがようやく立ち止まった。

「あそこだ」

指差す先に、薄く月明かりが差しているのがわかる。森が開けているのだ。あの向こうに断崖があり、ケイタはそこから落ちて死んだ……。

タイキがゆっくりとケイを追い越し、やがて走り始めた。その後をシュンとミホが追いかける。私は立ち止まっていた。だいぶ透けてきたケイの体の向こうに、三人の背中が見える。そのケイが振り返って、首を傾げた。

「キミは行かないの」

「アンタ、まだなにか隠してるでしょ」

気になっている。半分正解、の意味。

「ケイタが一緒に旅していた女の子のこと、全部知ってるんじゃないの？　二日目の朝、ミホに訊かれたとき、知らないって言ってたけど。でもさっきの口ぶりじゃ、本当は知ってたのよね？　知ってるけど話してないこと、他にもけっこうあるんじゃないの？」

　ケイはため息をついた。

「今さら、説明するようなことはないよ。見つければわかってもらえることだ」

「百聞は一見に如《し》かずってわけ？　生憎だけど、私は理屈っぽいのよ」

「らしいね」

　ケイは呆れたみたいに笑うと、ゆっくり歩き出した。後をついていく。

「キミが着てるそのジャージ、ケイタのなんだって？」

　私は目を細めた。二日目の野宿のときに見つけた、ケイタの陸部ジャージ。少し前に寒気に肌をさすっていたら、ミホが貸してくれたのだ。

「そうみたいね。昨日野宿したときにミホが見つけたの」

「キミたちは、どうしてそれがケイタのものだと思ったの？」

「どうして、って」

　私は眉をひそめた。

「だって、ケイタは陸上部だったし。それに、着ているのを見た人がいるわ」

「誰かがそう言ったのかい？」

「漫画喫茶の店員が、」

私はぷつ、と言葉を切った。チガウ。どっちが着ていた、とは言わなかった。確かあの店員は、片方が着ていた、とだけ言ったのだ。

「考え方を少し変えると、見えてくるものもある」

ケイは言った。

どくん、と心臓が脈打つ。思い込み……もしかしたら。わたしは恐る恐る、左の二の腕の刺繍を確認し、

「……ウソ」

先を行くミホを見た。それから、ケイを見た。穴の開くほど見た。

「だって、そんな、じゃあ死体探しの旅は」

鼓動が速くなった。

「ウソよ……」

「本当だよ。ただし、死体探しの旅じゃない」

ケイはすでに、崖の上で立ち止まっている。キョロキョロするタイキたちの視線を誘導するように、眼下の断崖の、薄暗い闇に埋もれた一点を、まっすぐに指差した。

「あれが、ケイタが見つけてほしかったものだよ」
最初はなにも見えなかった。ケイは、だいぶ右の方を指差していた。そのあたりは
もう、下から生えている木々の枝が幾重にも重なって、だいぶ見えづらい。
ちょうどそのとき、雲間から月が顔を出して、あたりが少し明るくなった。断崖の
中腹、木々の重なり合ったあたりに、私は何かを見つけたような気がした。
青い……ジャージ？　の下？　それを穿いている、細身で色白な少女の、
息が、止まる。
「……ミホ？」

4、花野美穂

〈七月十五日、水曜日、午後九時三十分〉

梅雨も明けたというのに、わたしが部屋の隅で悶々《もんもん》とカビのように腐っていたのは、双町高校の夏休みが始まる六日前だった。

その日は家に帰ってきてからずっと、ベッドの上でゴロゴロしていた。午後八時からのお気に入りのバラエティ番組も見なかったので、親にはなにかあったのかと心配されたけど、別に気にしてなんかない。今日返却された数学のテストが二十三点で、そのことをケイタに散々笑われて、部活の時間までネタにされたことなんか、別にぜんぜん、まったくぜんぜん気にしてない。

「……はー、もうっ」

ごろん、と寝返りを打って、その勢いで起き上がる。Tシャツの上に陸上部のジャージを羽織って、ユニクロのハーフパンツを穿く。ジャージの下も穿いて、走ったら暑いかなと思うけど、まあ後で脱げばいいや。今夜はちょっと空気がひんやりしているし、最初から半ズボンは少し肌寒そうだ。

「おかーさーん、ちょっと走ってくるー」

台所に声をかけると、「ええー、今からー？」と呆れた声が返ってきたけど、走るんだ。このままだと日付が変わってもモヤモヤし続けて寝れなくなる。シューズを引っかけると、「三十分くらいで戻るからー」と叫び返して、わたしは駆け足で家を出た。

短距離より、長距離の方が向いてるんじゃないかって、先生には言われてる。自覚もある。瞬間最大出力勝負のスプリンターより、じっくりじわじわ、煮詰めるみたいに全力を出し切るランナーの方が、たぶん得意だ。はっ、はっ、と短く息を吐きながら、県境の川に沿うように、ぐるりと五キロ。のんびり走って、三十分。本気で走れば二十分以内。女子の高校記録は確か十五分台で、さすがにそれには及ばないけど、本気で長距離に転向すれば十六分台はいけるんじゃないかって、顧問の先生は言う。

でもわたしは、スプリントにこだわってる。「ケイタみたいに走りたい」って言うと、みんなはけっこう、勘違いする。ニヤニヤして。へーって。違うんだ。そういう意味じゃない。わたしが短距離をやってるのはケイタが好きだからとか、ケイタもスプリンターだからとかじゃない。最初に惚れたのは、走りの方だった。まるで重力も、空気抵抗もないみたいに、風を巻き起こして走るケイタの背中を、追いかけているうちに本人のことも好きになった。

はっ、はっ、はっ。息が荒くなる。少しペースが上がっている。この川沿いのコースを教えてくれたのはケイタだったけど、ケイタ自身はあまり走りたがらない。もともと体力がなくて、あいつは長距離が滅法ダメなんだ。一緒に走るとすぐにバテる。スプリントじゃ敵ナシのくせに、マラソンじゃ女の子のわたしにも負ける。カッコワルイ。カッコイイところと、カッコワルイところは、昔からはっきりしてる。

橋を渡って、川沿いを離れた。夏の夜気は少しもわっとして、でも風は涼しくて、空には星がキラキラしてる。暑くなってきて、わたしはジャージのジッパーを少し下げる。住宅街へ入って、少しずつ家の方に戻っていく。リノの家の近くを通る。それから——それから、ケイタの家の前を通る。

はっ、はっ、は……わたしは足を止めた。やたらと大きなバックパックを背負った男の子が、結城家の先の角をコソコソ曲がるのが見えたような気がした。

「……ケイタ？」

見間違い……？　でもあのバックパックは確か、こないだケイタと一緒に買いにいったやつだ。夏休みのキャンプ用に、と。

わたしはペースを上げて通りを走り抜けると、ブロック塀の陰から顔を半分出すようにしてその路地を覗き込んだ。少しクセのある黒髪、細い手足、ちょっと曲がった背中——とても見覚えのある、男の子の後ろ姿。

「ケイタ？」

「ウワ！」

幼馴染の少年は飛び上がらんばかりに驚いて、荷物から寝袋がボトリと落ちた。

「ミホはさー、なんでこうさー、いつもタイミングドンピシャなのかね」

良くも悪くもさ、とケイタはぶつぶつ言った。夜の公園で並んでベンチに腰かけているとどこかカップルぽくて、わたしは妙にどきどきしてしまう。汗をかいた自分の体がなんだか申し訳なくて、微妙に間を空けた。

「だいたいなんでこんな時間に走ってんのさ」

キミのせいだよ、って言いそうになったけれど、やめておいた。またからかわれるのがオチだ。

「ケイタこそ、なにその荷物」

わたしはケイタのバックパックを指差した。パンパンに膨らんだバックパックには、いったいなにが詰めこまれているのだろう。

「なんでもないよ」

「寝袋までくっつけて、なんでもないはないでしょ」

「なんでもないって」

「こんな時間にどこ行こうとしてたの」

「別に」

「なんかまた、ばかなこと考えてない？」

ケイタは黙っている。少し様子が変だと思った。

汗の引いた体が肌寒くなってきて、わたしはジャージのジッパーを引き上げた。今、何時だろう？　携帯電話を家に置いてきてしまったので、時間がわからない。三十分以上過ぎてしまっているのは確かだ。親に心配されているかもしれない——そう思いながらも「じゃあ帰るね」とは言えなくて、わたしは根が生えたみたいにベンチに座り続ける。

「『クローディアの秘密』っていう本、読んだことある？」

ふいに、ケイタがつぶやくように言ったので、わたしは顔を上げた。

「ある」

中学のとき。他ならぬケイタが貸してくれた。

「あれでしょ。主人公の女の子が、弟を連れて、家出する話。確か美術館で暮らすんじゃなかったっけ？」

そう、とケイタがうなずいて、

「ミホは、美術館で生活って、実際できると思う？」

妙なことを訊いた。

「えー、無理じゃない？　土地も時代もチガウし……」

そこまで言いかけて、わたしははたと気がついた。荷物の詰まったバックパック。人目を忍ぶような動き。微妙な時間帯。美術館で生活――もしかして。

「……家出？」

ぼそっと訊いた。ケイタは、答えなかった。

「家出なの？」

今度はケイタがゆっくりうなずいたので、わたしは弾かれたように立ち上がった。

「なんで？　どうして家出するの？」

ケイタは、なんだか困ったみたいに笑った。

「ミホにはわかんないよ」

「わかんないよ！　わかんないから訊いてるんじゃん！」

声が大きくなって、無人の公園にわんわんと反響した。

「そうじゃなくて。言ったって、わかんないよ」

あくまで冷静なケイタの声は、どこか僻みを含んでいるように聞こえた。

「ミホん家はホントにお父さんもお母さんもすげえいい人だし、ミホとも仲良いし、なんていうか……ちゃんと家族って感じだし。運動会にも、学芸会にもちゃんと来てくれるし。わかんないよ、ミホには。家になんか、いたくないって気持ちはさ」

「わか、」

思い当たる節は、いくつかあった。小さい頃から、夕方になっても家に帰りたがらなかったケイタ。自分のことは、あまりしゃべらなかったケイタ。学校行事には、まるで顔を出さなかったケイタの両親。

「わか……」

るよ、とは言えなかった。

「……そりゃ、わかんないよ」

わたしは泣きそうになってぼやいた。

「ケイタ、いつも言ってくれないじゃん。なんでもないよって、笑うだけじゃん。わかんないよ。言ってくれなきゃ、わかんないよ」

「そうだな。ゴメン」

ケイタはなぜか申し訳なさそうに笑って、ゴメンと言った。その顔が、どうにも悲しく見えてしまって、わたしはお腹の少し上らへんがきゅーっと苦しくなった。

「家出って、いつ帰ってくるつもりなの？」

わたしは訊いた。ケイタはまた、困ったような顔をした。

「クローディアは、家に帰ったんだっけ？」

クローディア。さっきの本の話だ。家出する主人公の女の子。

「帰ったよ。なにか……なにか、大切なものを見つけて、満足して、帰った……みたいな終わり方だった気がする」

よく覚えていない。なにか、彫像がキーになる話だった記憶はあるけど。

「そっか」

ケイタはうなずいた。

「じゃあ、インハイまでには、帰ろっかな」

「えっ」

総体は八月だ。ずいぶん、先だ。

「練習とか、どうするの」

「適当に自主練するよ」

「ご飯は？」

「適当に食べるよ」

「どこで寝るの」

「適当に寝るさ」

「……要するになにも計画がないってこと？」

「クローディアだって、計画はなかったよ」

美術館で暮らすために、綿密な計画を立てていたわけじゃなかった。そうだっけ、とわたしはつぶやいた。覚えていない。しょせんは物語だ。現実とは違う。

「一人になりたいんだよ」

ケイタはぽつりと言った。

「一人で、生きていきたいんだ」

それは、家出少年の言葉には聞こえなかった。むしろ、家を捨てようとしているみたいに、聞こえた。

「無理だよ。わたしたち、まだ十六歳だもん」

「もう十七になる。十分大人だよ」

澄ましたケイタの顔が気に食わない。わたしは唇を尖らせる。

「そうやって背伸びしてるうちは、子供なんだよ」

大人ぶるのは、子供だけだ。大人は大人ぶらない。

「かもしれない」

ケイタは認めて、淡く笑う。


公園を出たケイタの後ろをついていった。止めなきゃとか、なにか言わなきゃとか、頭ではごちゃごちゃ考えているのに、開いた口はずっと空気だけをかすかすと吐き出している。

「いつまでついてくるの」

ケイタが振り返って言った。

「帰ろうよ」

わたしはやっとのことで、それだけ言った。ケイタは首を横に振る。なにか決然としたその背中には、いつもの陽気さが欠片もない。

「……親と、そんなに仲悪いの？」

ついに訊いてしまった。薄々気づきながら、訊いたことは一度もなかった。訊こうとすると、いつもケイタはするりと逃げるみたいに話題を変えてしまうから。

「まあ……そうだな。悪い。っていうか、よくない」

ケイタはため息をこぼすように言った。それはたぶん、わたしが初めて触れた、ケイタの本音で、弱音だった。

「小さい頃からずっと、家が嫌いだった。親はお互いのストレスぶつけ合うみたいに喧嘩ばっかしてたし、居場所がなかった。離婚してからは、親父のストレスのぶつけ先がおれになって、よけい居心地が悪くなった」

わたしは息を呑んだ。

知らなかった。ケイタの両親が、離婚していたこと。

「ミホん家とは、正反対だろ。さっきわかんないだろって言ったのは、そういう意味。やっぱり、わかんないだろ？」

ケイタが振り返った。試合のときにしか見せない、真剣な顔をしていた。

「早く帰れよ。今頃、心配してんぞ」

わたしは足を止めた。ケイタは前に向き直って、すたすた歩いていく。遠ざかる。バックパックを背負った背中が、どんどん夜の闇の中に溶けて、消えて、見えなくなってしまう。

ケイタが、行ってしまう。きっとこのまま帰ってこないことを、わたしは心のどこかでわかっていた。追いかけたい、と思う。止めたい。それでも止まらないなら、せめて一緒に行きたい。一人にしたくない。このまま一人で行かせてしまったら、死んでしまうような気がした。ケイタは寂しがりだ。ウサギみたいなやつなんだ。一人きりにしたら、寂しさで、死んでしまう。

でもわたしがいなくなったら、両親はどう思うだろう。タイキは。リノは。シュンは。どう思うだろう。みんなに言う？　でも携帯電話持ってない。財布も持ってない。もし。もしだけど。わたしが二人いれば。もう一人、わたしがいれば。この状況を、解決できるのに。ここにいるわたしがケイタを追いかけて、もう一人のわたしが家に帰る。そうすれば、誰も悲しまない。きっとそれが、一番幸せな形……あり得ないけど。

ごめんなさい、と心の中で謝って、わたしは顔を上げた。ケイタの背中が、まだかろうじて見える。

「待って！」

叫ぶと同時に、足が前に出た。

「わたしも……わたしも、一緒に行く」

すぐ後ろで踵を返す足音がしたような気がしたけれど、振り向かなかった。

ケイタはとても嫌な顔をした。不機嫌だった。カエレカエレと連呼して、ときにわたしのことを突き飛ばしさえした。でもわたしは、頑なにケイタの後ろをついていった。バックパックを背負っているのだ。いくら足が速いケイタだって、逃げられない。それに長距離じゃ、わたしの方が速いのだ。

夜は更けて、電車にもバスにも乗れなくて、どこかへ行きたいケイタは、どこへ行くでもなく、フラフラと双町をさまよった。わたしのことを、諦めさせたかったのかもしれない。振り切りたかったのかもしれない。家の方には戻ろうとしなかった。わたしの家も、ケイタの家も、近いから、誰かに見つかると思ったのかもしれない。

やがて双町駅の近くまでやってきて、ケイタはどさりと座り込んだ。息が荒い。ケイタは陸上部のくせに、体力がない。すぐにバテる。

「……このままじゃ、朝になっちまうぞ」

ケイタはぽつりとつぶやいた。独り言かと思ったけれど、たぶん違う。

「ケイタが帰るんなら、わたしも帰るよ」

わたしは言った。罪悪感を抱かせよう。

「帰らない」

ケイタは意固地だった。

「今さら、帰れない」

ケイタは空を見上げた。

都会の夜空は、雲っている。星が見えない。せいぜい、一等星。キラキラしている星は、ほんの一握りだ。それでも綺麗だとわたしなんかは思ってしまうけど、ケイタはつまらなそうに目を細めた。

「汚い空」

「そう？」

「汚いよ。そもそも今見えてるのは、空じゃない。埃《ほこり》だらけの空気に、町の光が反射して、本物の空を覆い隠してるんだ」

そうなのかな。よく知らない。

「……なんだかおれみたいだ」

と、ケイタは言った。

「どういう意味？」

「本音。ずっと隠してたから」

「どうして？」

「醜いから」

「そうなの？」

「そうだよ」

ケイタはふくれっつらになった。

「カッコワルイじゃん。家のこと、いつもいつも気にして、愚痴ってたら」

「隠さなくていいよ」

わたしは言った。

「言いたいことは、言いなよ。体に悪いよ」

そう言うと、ケイタは黙り込んでしまった。天邪鬼《あまのじゃく》なんだ。大概。

わたしも空を見上げてみる。都会の夜空は、曇っている。星が見えない。せいぜい、一等星。キラキラしている星は、ほんの一握りだ。それでも、綺麗だ。もっと綺麗な星空があるなら、見てみたいとも思うけど。

「……そうだ」

ふと、思いついた。

「ねえ、ケイタ。行く当てないなら、烏蝶山行こう」

ケイタはキョトンとした。

「カラス……なに？」

「烏蝶山。キャンプで行く予定の山だよ」

「星なんか見て、どうなるんだよ」

「見たいって言ったの、ケイタじゃん」

ケイタは渋い顔になる。

「今さら……」

言いかけて、また空を見上げた。曇った空だ。濁った空だ。本当の星空は、都会のスモッグの向こうに隠されている。ケイタの、本当の気持ちみたいに。

「……いや、見たい」

ケイタがぽつりと言った。わたしはニヤリと笑った。

「行こう。付き合うよ」

ケイタがわたしを見て、少しだけ笑った。今夜初めて、普通に笑った。

〈七月十六日、木曜日、午前六時〉

——一日目。

ケイタはそんなにお金を持っていなかったし、わたしは一文無しだったから、電車やバスに乗るのはナシにした。どうせ急ぎの旅じゃない。当てなんてないのだ。ケイタはバックパックに無駄にいろんなものを詰め込んでいて、そのポケットの一つから地図が出てきた。烏蝶山までのルートを確認する。わかりやすい道だと、マチまで線路沿いに歩いて、そこから国道伝いに山をたどっていくのがいい。

「本当についてくんの」

ケイタはもう何度目か知れないその質問をした。

「ケイタが家に帰るんなら、わたしも帰るよ」

わたしは同じ答えを繰り返す。ケイタは首を横に振って、ヨイショとバックパックを背負う。

「少し持つよ」

わたしは言って、手を差し出した。

「いいよ。こんな重いの、女の子に持たせらんないよ」

ケイタが強がるように言ったので、わたしはケイタの鞄《かばん》からムリヤリ寝袋を外して抱え込んだ。

「あ、おい」

「いいの、いいの。どうせ体力ないんだから」

わたしが笑って言うと、ケイタは少しふてくされる。あんまり見たことのない顔だった。いつも笑っていたけれど、本当は色んな顔をしたかったのかもしれない。悲しい顔も。苦しい顔も。

線路沿いに歩き出してしばらくすると、太陽が顔を覗かせた。夏の朝だ。どこかでラジオ体操の音楽が聞こえる。ケイタが音をなぞるように、鼻歌を歌い始める。途中までラジオ体操だったけれど、途中からなぜか違う音楽に変わった。わたしはその曲をよく知っていた。ベン・E・キングのスタンド・バイ・ミーだ。

「なんでスタンドバイミーなの」

「ん？」

「ラジオ体操だったでしょ」

「ああ……なんか。線路沿い歩いてるから、映画思い出して」

ケイタは旋律だけ鼻ずさんでいる。英語が苦手だから、どうせ歌詞は覚えていないのだろう。

わたしはケイタの鼻歌に合わせて、歌詞をつけて歌った。ケイタが意外そうに、わたしの顔を見た。

「歌詞知ってんの？」

「知ってるよ。別に難しい英語じゃないし。中学で歌わなかった？」

「歌ったとしても覚えてないよ」

「真面目に授業受けないから」

からかうようにそう言うと、ケイタは鼻を鳴らした。

「英語なんかなんの役に立つのさ。そもそも学校で習うことなんて、なんの役に立つのさ。授業じゃ、大人になる方法だって教えてくれない」

「大人になるために、学校へ行くんだよ」

わたしはしたり顔で言った。

「そうかな」

「そうだよ」

そのために勉強するんだよ。たぶん。きっと。おそらく。

ケイタは納得したのかしなかったのか、わたしに合わせてうろ覚えの英語の歌詞を口ずさみ始める。


午前、午後と歩き通して、線路沿いに双町は、遙か後方へ遠ざかっていった。

「そういえば、さ」

前方に、高いビル群が見え始めている。マチだ。普段なら、電車で来る町。都会の町。最後に来たのは確か、陸上部の遠征だ。乗り換えで、通り過ぎただけだけど。

「シュンとなにがあったのか、ちゃんと聞いてなかった」

ケイタはわたしの顔をまじまじと見た。なによ、その顔。

ケイタのインターハイ出場が決まったあたりから、二人はなんだか口をきかなくなった。軽くつっついてみたことはあるけど、ケイタはきちんと答えてはくれなかった。

「そうだっけ……？」ケイタは頭の後ろで手を組んだ。「いや、ぜんぜん、大したことじゃないんだけど」

ちょっと僻み言われただけ、とケイタは告白した。

「僻み？」

「おまえがいなければ、俺が出られたかもしれないのにって、そんなふうなこと」

「ああ……」

言いそう。負けず嫌いな男の子らしい感じ。なんか、いいね。

「シュンは、ケイタのことライバル視してるからね」

「知ってるよ。おれだって、あいつ怖いもん。タイムの伸び代だけだったら、おれとほとんど変わんねえもん。でも僻み言われたのはたぶん、そのせいだけじゃないと思う」

ケイタは似合わないビターな顔をする。

「あいつさ、おれのこと嫌いなんだよ、たぶん。一年のときからずっと、すげえ目で睨んでくるんだよ」

わたしは笑った。見覚えのある光景だ。

「それは、ライバルだからでしょ。負けたくないから。でも嫌いなんかじゃないよ。ぜったい」

「そうか?」

「そうだよ。シュン、ちゃんとわかってるよ。ひどいこと言ったたって。謝ろうと思ってるよ、きっと」

わたしは深くうなずいた。ケイタはわたしを見て「なんでミホにわかるんだよ」と少し可笑しそうな顔をした。夕暮れ時の日差しが、マチの高いビルに反射して、茜色に燃えていた。

〈七月十七日、金曜日、午前十時〉

――二日目。

マチの漫画喫茶で一晩を明かした。タイキが教えてくれたんだってケイタは言う。悔しいけど、意外と快適だった。シャワーも浴びれたし。店員にジャージの高校名を見られてしまったかもしれない、ということは（気づいてないみたいだったから）ケイタには黙っておいた。足跡が残ったことを、ケイタは嫌がりそうな気がする。

見慣れぬ街の朝日を眺めていると、なにも言わずに家を飛び出してきてしまったことに、今さらのように罪悪感を覚えた。捜索届けとか、出されてしまっているんだろうか。ケイタもいなくなっているわけだし、学校じゃ大騒ぎになっているかもしれない。ふっと、ケイタがなにか言いたそうな顔をしているのに気がついて、わたしは慌てて出発を促した。ホームシックには少し早過ぎる。

マチを出てからしばらく、車がビュンビュン行きかう国道沿いに歩道をてくてく歩いた。空は曇っていたけれどそれでも夏の熱気は容赦なく、汗が肌を滝のように流れていく。暑い。足も少し痛い。でもケイタは意外と音をあげなかった。地味な運動は大嫌いなはずなのに。こういうときばっかり、変に負けず嫌いなんだ。

都会の喧騒を抜けると、少しずつ風景が変わっていく。田園風景というほどでもないけど、静かだ。少し、双町に似ている。この道路の先が海に繋がっていることを、わたしは知っている。行ったことはないけど。

「タイキがさ」

わたしは思い出して口を開いた。

「ホントは海行きたかったのに、って愚痴ってた」

「うみぃ？」

ケイタが間延びした声を出す。わたしは笑う。

「ケイタが山行きたいって言わなかったら、海計画しようと思ってたみたい」

「おれのせいかよ」

ケイタは苦笑いする。それからふっと、真顔になる。思い出し笑いならぬ〝思い出し真顔〟みたいに。

「タイキといえばさ」

わたしは「ん」と軽い調子で相槌を打った。

「ミホさ」

「ん？」

「タイキにさ」

「うん」

「タイキにさ……」

「うん？」

わたしたちは壊れた機械みたいに、ニュアンスを変えて同じ言葉を繰り返す。もう一度「タイキがさ」と言い出しそうだったケイタが、ふいと視線を逸らした。

「……コクられた？」

わたしは目を瞬《しばた》いた。一瞬、意味がわからなかった。

「なんでそんな話になるの」

「タイキはさ」

ケイタはまだ、そっぽを向いていた。

「たぶんミホのこと、好きなんだよ」

わたしは再び目を瞬いた。

「そう……なの?」

ケイタが「ドンカン」と顔をしかめた。

「だっていつも見てるじゃん! 陸上部の練習終わるの待ってるときとかさ。あいつずーっとミホのこと見てるんだぜ」

「うそー」

「ホントだっつの。それに六月にさ、あいつウソついたじゃん?」

「ウソ?」

「そう。本当は知ってたのに、おれが四階にいないってミホに言っただろ。あれ、たぶんおもしろくなかったんだぜ。ミホが自分じゃない男の心配するのがさ」

わたしはキョトンとする。

「なんだよ、ミホってぜんぜん、そういうの気にしないのな」

ケイタがなんだか不満そうに、水の入ったペットボトルをぐいっと煽《あお》る。

「そういうわけじゃ……」

言いかけたところで、ぽつりぽつりと雨が降ってきた。わたしたちは屋根を求めて慌てふためき、それでなんだかこの話はうやむやになった。

今夜は野宿だ、とケイタは心なしか楽しそうに言った。国道沿いの雑木林。猪出没注意の標識が気になる。

「ミホ、そっち押さえてて」

テントを広げていたケイタに呼ばれて、言われるままに金具を押さえる。一人用のテントと、寝袋を並べて、ケイタは満足げに額を拭った。

コンビニで買った夕飯を済ませて、わたしは寝袋に、ケイタはテントにもぐりこんだ。ジャンケンで負けたから、寝袋。モコモコし過ぎるので、ジャージは近くの木に干す。

「そういやさ」

ケイタが口を開いた。

「さっきの質問。結局答えは？」

わたしはキョトンとした。

「え？　なんの話？」

「タイキにコクられたのか、って話」

「ああ……」

もう終わったのかと思ってた。

「コクられてないよ」

わたしは小さな声で答えた。

「ホントに？」

「なに疑ってるの？　ないよ。ホントに。なんにも」

ケイタがわたしを見た。本当に？　と目が言ってる。疑《うたぐ》り深いな。ないよ。なんにも、ない。

「なんでそんなこと訊くの？」

ケイタは難しい顔をした。やっぱり似合わない、どこかビターな顔だ。

「そりゃ……まあ……気になるじゃん？　ホントになんもなかったの？」

「なんにもないってば」

いい加減イライラして、わたしは少し語気を強めた。ケイタはびくっとしてから、ゆっくりうなずいた。

「……じゃあさ」

じゃあさ。それは、大事なことを訊くとき、ケイタがよく口にする前置きだ。

「もしだけど。もし、タイキにコクられたら、ミホはどうする？」

どうする、って。そんなこと訊かれてもね。

タイキの顔を思い浮かべてみた。背が高くて、クラスの中心で、人気者で、面倒見がよくて、気さくで、バレーボール部のエース。カッコイイ言葉はいくらでも出てくるのに、あんまり心がどきどきしない。カッコイイと思う。素直に。でも、どきどきはしない。誰かさんと違って。

「わかんないよ。そんなの」

本当はわかっているのに、そんな答えを返した。ケイタは、なにも言わなかった。

「ふーん」とも言わなかった。ケイタにも「リノのこと好きなの？」と訊いてみたかったけど、ちょっと難しい。高校に入ってから、ケイタはリノと意味深に視線を交わすことがあった。でもそんなこと訊いて、答えがどっちでも冷静でいられる気はしないから、訊けない。

「星、綺麗だね」

と、わたしは結局そんなことを言った。

仰向けに寝転んだわたしたちの目の前には、星空が広がっている。パノラマというには木の枝が邪魔だけど、昼間の雨がウソみたいに、今は晴れて綺麗だ。

「烏蝶山までまだ距離あるけど、ここでもだいぶ綺麗だね」

ケイタは返事をしない。

わたしは隣を見て、口をつぐんだ。ケイタが目を見開いて、その瞳いっぱいにまばゆい星空をじっと映しこんでいた。


〈七月十八日、午前十一時五十分〉


――三日目。

「あれだ。あれが、烏蝶山だよ」

ケイタが地図と景色を見比べて、峰の一つを指差した。午前いっぱいかけて登った峠からは、夏らしい緑に染まった山々が一望できる。

「へえー。けっこう、高いんだね」

わたしはコメントした。

「標高1000mは超えてるんじゃなかったかな」

ケイタが地図を畳みながら言った。

「高いところって、なんか、シを連想するね」

と、変なことを付け加える。

「シ？」

ドレミファソラシのシ？　確かに高い音だけど。

ケイタはかぶりを振った。

「死。死神の死」

わたしは顔を引きつらせた。

「なんで？」

「んー。なんでだろ……天国が近そう。あと、飛び降り自殺を連想する」

「やめてよ」

嫌な発想だ。ケイタはときどき、嫌なことを言う。わたしの言葉を聞いていたのか聞いていなかったのか、ケイタは夏空を見上げて、静かに訊いた。

「なあ、ミホ」

とても軽い調子で、こう訊いた。

「死にたい、って思ったこと、ある？」

烏蝶山を登り始めてから、ケイタの様子が少し変わった。宵闇とは別の、薄暗い影みたいなものが、その背中にまとわりついている。話しかけづらい。オーラって、本当にあるんだと思った。楽しいオーラ。悲しいオーラ。今のケイタは、薄暗い死のオーラ。

「ねえ、ケイタ。星見た後は、どうする？」

わたしは努めて軽い調子で訊いた。ケイタがさっき、そうしたように。

死にたい、って思ったこと、ある？

ないよ、と答えたら、ケイタは、だよな、と笑っていた。でも今のわたしには、それが仮面だったとわかる。ケイタはもしかしてあのとき、あるよ、と言ってほしかったのかもしれない。共感してほしかったのかもしれない。

心中、なんて言葉が頭をかすめる。

ケイタはなにも答えない。

「海とか、いいよね」

わたしは無理に明るい声を出した。

「それとも、また山登る？」

ケイタは黙々と前を歩いている。

「あ、もしかしてそろそろ家に帰りたくなったとか。いいよ。なんなら家出したこと、一緒にみんなに謝ってあげるよ」

ねえ。なんで答えないの。どうして黙ってるの。

「ケイタ」

声のトーンが、自然と落ちた。

「……自殺しよう、とか思ってる？」

背中すら見ていられなくて、うつむいた。

「死にたい、って思ってる？」

今のケイタの背中は、シを連想する。死神の死。

「死んじゃ、嫌だよ」

どんな形でも、人が死ぬのは嫌だ。ケイタが死ぬのは、もっと嫌だ。

「ぜったい、嫌だよ」

わたしの声に湿っぽい色が混じってようやく、ケイタは振り向いた。かろうじて笑顔と呼べそうな、変な顔をしていた。

「……なに泣いてんだよ」

と、ケイタは言った。

「ばかだな、死なないよ。ちょっと疲れてるだけ」

わたしが不満な顔をすると、ケイタが頭をかいた。

「前にリノにも同じこと訊いたんだよな。死にたいって思ったことあるか？　って」

リノ、怒ってた、とケイタは苦笑いした。

「なんでみんな、おれがその質問すると怒るんだろうな」

「そりゃ、そうでしょ。わたしだって、怒るよ」

わたしは顔をしかめて言う。

「どうして？」

「どうしても」

自分がどんな顔して言っているのか、ケイタはわかってないんだ。サイテー。そもそもわたしにはそういうこと、絶対に訊かなかった。リノには、訊いたのに。

「……ケイタは、リノが好きなの？」

勢いで、訊いてしまった。

「はあ？　なんでだよ」

「だって」

だって、なんて子供っぽい言葉。それでも抑えられない。

「そういうこと、わたしには絶対訊かないじゃん」

「訊いただろ、さっき」

「さっきじゃん」

だんだんムキになってきた。

「なんだよ、それ……」

ケイタは困ったように前髪をいじった。

「リノのことは……友だちだと思ってるよ。それ以上でも、それ以下でもねえよ」

「じゃあ、わたしのことは？」

なんでこんなこと訊いてるんだろう。ケイタが困ってるのがわかる。

「ミホは……」

答えようとしているのに、少し驚いた。ケイタはこういうとき、のらりくらりとかわしてしまうタイプだ。

わたしはケイタをじっと見た。ケイタが逃げるみたいに、視線を逸らした。上を見ている。頭上を覆う、枝葉のわずかな隙間から差す月光が、ケイタの口元をスポットライトみたいに照らしていた。

唇が動くのは見えた。

「　」

聞こえなかった。

ケイタはたぶん、言わなかった。なにも。唇を動かしただけ。

でも、言った気がした。わたしにはそれが、聞こえた気がした。

ケイタは真っ赤になっていた。わたしもたぶん、赤くなっていた。言わなかったはずなのに、聞かなかったはずなのに、変なの。

「……変なの」

わたしは口に出して、ぽつりとつぶやいた。ケイタが目元を覆って、はあ、と大きなため息をついた。なによ、そのリアクション。

隣に好きな男の子。深い山の中に、二人きり。胸の中で脈打つ心臓の音が聞こえてしまいそうなくらい、静かな夜だ。

〈七月十九日、午前零時〉

「すげえ……」

隣でケイタがぼそっとこぼした。

烏蝶山の、頂上付近。獣道をたどった先に、今度こそ、星空のパノラマが開けていた。星屑を、バケツでぶちまけたみたいな空。点描みたいな、空。それこそ、絵に描いたような夜空……ああ、だめだ。陳腐な表現しか出てこない。

「天の川だ」

ケイタが指差した。

「マジで川だ……」

ケイタの感想の方が、幾分よかった。マジで川。本当にそうなんだ。高校二年生の貧相な語彙で表すなら、マジで川。わたしはもう、ほうとため息を漏らすばかりで、ケイタみたいに「すげえ」すら言えなかった。

それから、しばらく無言だった。風の音と、木々のさざめきしか聞こえなかった。世界に二人だけしかいないみたいだった。気づかぬ間に世界は滅びてしまって、実はわたしたちが最後の生き残りなのかもしれなかった。世界の最後は、こんなにも静かなのかもしれなかった。

「これが本当の星空なんだな……」

わたしは、ケイタの顔をこっそり覗き見た。憑《つ》き物が落ちたみたいに、すっきりした横顔をしていた。ケイタの目に、星が映りこんでいる。鏡みたいに。そのせいで、すごくキラキラした目をしているように見える。１００ｍを走り終えて、自己ベストを更新したとき、そんな目をしていたっけ。やっぱりケイタは、光を浴びるところにいた方がいい。

わたしの視線を感じたみたいに、ケイタがくるりと顔を向けた。

「ミホ、ありがとな」

唐突に言った。あ、やばい。その顔は、反則。わたしはつま先で小石を蹴飛ばして、足元の断崖から落ちていくのを見つめる。

「おれさ、帰るよ」

心臓がぴょんと跳ねた。

「えっ、ホント？」

弾かれたように顔を上げて訊ねる。どうしたの急に。

「うん。インハイ、あるしな」

ケイタはにっと笑って言った。なんだか久しぶりに見た気がする。どこか、イタズラっぽい、いつものケイタの笑顔。でもなぜか、いつもよりドキドキする顔。ひゅっ、と息が止まる。なにか言いそうになったのに、口いっぱいのごはんの塊を飲み下そうとするみたいに、それは喉に詰まってしまった。喉に詰まるくらい、大きな言葉って、なんだろう。

「せっかく本戦出れるのにバックれたら、シュンに殺されちまう」

「そりゃ……そうだ」

掠れた声で、そんな相槌を打つ。

「タイキとリノにも、言いたいことあるし」

「言いたいこと？」

ケイタはぐらかすように頭の後ろで手を組む。

「それに烏蝶山のいい穴場見つけたって、みんなに自慢したいし」

今度はわたしもうなずいた。引っかかっていた言葉の塊が、すっと喉を通り抜ける感じがした。

「そっか。そうだね。今度はみんなで来よう」

夏休みに入ったら、五人でキャンプだ。ケイタと、わたしと、タイキと、リノと、シュンで。また来るんだ——だから。

「帰ろう」

わたしは言った。

「オウ」

ケイタが答える。わたしはうなずいて、くるん、と踵を返した。

その瞬間、奇妙な浮遊感に襲われた。浮いていた。体が？　違う。左足……あるはずの地面が、ない。

踏み外したのだ。ぐらり、と体が傾いて、わたしは足元に口を開けていた断崖の暗い底へと、吸いこまれるように落ちた。蹴飛ばされた小石が、なんの抵抗もできず落ちていったように。

なにも、考えられなかった。自分に起きたことが信じられなかった。

ケイタがなにかを言ったような気がする。

ケイタの伸ばした手を、摑んでしまったような気がする。

最後に見たのは、天の川だった。猛烈な風と、浮遊感の中で、隣を落ちていくケイタの姿を見、

——ガンッ。

*

わたしは、ゆっくりと、目を開ける。

リノの顔がある。タイキの、シュンの、心配そうな顔がある。その先で、ケイが静

かに佇んでいる。どこか悲しげに微笑んでいる。

「……わたし、ミホじゃない」

確かめるように口にした。口にした瞬間、なにかがすうっと体を抜けていったような気がした。そうだ。わたしは十六年と少しの時間を生きてきた、花野美穂じゃない。

──わたしが二人いれば。もう一人、わたしがいれば。

あのとき、彼女がそう望んだから、わたしは生まれた。わたしはあの夜、ケイタを追った彼女の背後で踵を返し、本物の代わりに家に帰った、紛《まが》いモノだ。

世界五分前仮説というものがある。

わたしは、五分前じゃないけれど、ほんの一週間前に生まれた。十六年と少しを生きてきたという記憶を持って、花野美穂の虚像として生まれた。本当のミホに、もう一人自分がほしい、と望まれたから。だからわたしは、そういうものとして生まれた。

「ミホ……？」

リノがわたしの顔を覗き込んでいる。なにかを期待しているような目。あるいは、なにか忌避するような目。わたしは首を横に振った。

「本当のミホは、あっちだよ。わたしは、鏡に映った彼女の虚像」

花野美穂の真似をするだけの、ただの影。

リノが後ずさった。

「うそだろ……」

タイキがぼやくのが聞こえた。視界の隅で、シュンが花野美穂とわたしを交互に見ている。崖の中腹で、枝葉に隠された岩棚に横たわる少女の姿は、鏡に映ったみたいにわたしとそっくりだ。

「わたしが本当のミホじゃないって、最初から知ってたのね」

わたしは言った。ケイはうなずいた。

「当然、知っていたよ。本当のミホがここにいることは、わかっていたんだから」

その声が聞こえるのも、たぶんもう、わたしだけだ。

「全部、話すよ。キミには知る権利がある」

「僕が生まれたとき、ケイタはすでに死にかけていた」

ココから落ちたとき、ケイタは頭を打ったんだ、とケイは眼下の断崖を指差す。

「でもケイタは、ミホが途中の岩棚に引っ掛かったのに気づいていた。だから自分の代わりに、ミホを助けてほしいと、僕を生み出したんだ」

しかし、ケイタはそこで死んでしまった。人が鏡の前からいなくなれば、鏡に映る虚像も姿を消すように。本来ケイはそこで、消えるはずの存在だった。

「でもまだ、ケイタの願いが残っていたから、僕はこの世界に残った。とはいえ、映らないはずの虚像たる僕の存在は、とても希薄なものに成り果てていた。実体を失った僕は、岩棚まで飛んでいくことは容易になったけれど、肝心のミホに触れることができなくなってしまっていたんだ。自分の力でミホを助けることが、できなかった」

だから誰かの助けを借りようとした、とケイは言った。ミホのことを知らせて、助けてもらおう、と。幸い、ケイタの発見は早かった。崖の下は、キャンプ場の近くだった。キャンプをしていた他の登山客がケイタを見つけて、すぐに警察が呼ばれた。

「僕はそのときに、ミホのことを知らせようとしたんだ。でも誰も、僕の姿を見ることができなかった。声も届かなかった。僕の存在が、それだけ薄れてしまっていたんだ。ミホは怪我を負っていて、自力で岩棚から動くことができずにいた。このまま、誰にも見つけてもらえなければ、ミホは死ぬ。僕が見ている目の前で……正直もうだめかと思ったよ。でも、意外なところに希望があったんだ」

ケイは岩棚のミホを指し示した。

「彼女にだけは、僕が見えていたんだ。彼女自身は幻覚かなにかと思っていたみたいだけどね。とにかく、そのとき思ったんだよ。ケイタと親しかった人間には、僕が見えるかもしれないって。そう気がついたとき、僕が頼れるのは、零れ落ちていくケイタの記憶の中にチラチラと見える三つの顔だった」

それが彼らだ、とケイはタイキとシュンとリノを順繰りに見渡した。

「ケイタの記憶には、彼らの顔がたくさん出てくる。本当に、たくさん出てくるんだ。彼らならきっと僕の姿が見えるか、声が聞こえるか……そうでなくとも存在を感じるくらいのことはできると思ったし、伝わりさえすれば、願いを聞いてくれるとも思った」

ケイタにとって、特別な友人。ケイはケイタの記憶をたどり、三人を訪ねて双町までやってきたのだ。そしてそこで、わたしを見つけた。そりゃあ、驚いたよ、とケイは苦笑いした。

「救わなくてはならないはずのミホが、平然と日常生活を送っているのを見かけたときは。ミホもドッペルゲンガーを残していたとは、知らなかった。でも今思えば、引き合ったのかもしれないね。それで僕は、キミを家まで訪ねていった」

わたしも曖昧に笑った。わたしたちは二人とも、同じ側の存在だった。だからわたしは、存外早くケイの存在を受け入れることができたのかもしれない。

「僕は、キミを利用することにした。キミ自身がドッペルゲンガーであることを、悟らせないようにして、僕の願いをかなえてもらうことにした……当然、キミには実体があったしね」

だから、ケイタの願いがミホを救うことだとは言えなかった。言ってしまえば、みんな混乱する。わたしが話を、ややこしくしていたのだ。いや、でもそれを言うのなら、そもそもケイタも、ドッペルゲンガーを置いていけばよかったのに。

「ケイタは、どうしてミホみたいに、ドッペルゲンガーを残していかなかったの」

ケイは複雑な表情をした。笑おうとして、泣こうとして、そのどちらも我慢したみたいな、変な顔をした。

「ケイタは、親に心配してほしかったんだ、きっと。戻らないつもりだったのかもしれないけど、その一方で心配してほしかったし、探してほしかったし、見つけてほしかった。ケイタが家に戻れば、ミホだって帰る。あり得なかったかもしれないけれど、そんな未来もあったかもしれない」

ケイの声は静かだった。

わたしは自分を見下ろした。岩棚で横たわる花野美穂の肉体は、わずかに胸が上下しているように見える。意識はなさそうだ。ケイは時間がないと言っていた。それはケイが消えるまでの、タイムリミットの話かと思っていた。でもたぶん、本当は、花野美穂の命の方を、心配していたのかもしれない。

「ありがとう、ケイ」

わたしは言った。わたしが言わなきゃいけないのだと思った。

「お礼を言うのはこっちだよ。これでようやく、ケイタの願いをかなえられる。間に合って、よかった。ミホを助けてあげてくれ」

最初に見たときと同じ、淡く、穏やかな日差しにもすぐ溶けてしまいそうな、氷菓のような笑みで、ケイは笑った。わたしはうなずいて——そのまますっと、足を踏み出した。

「ミホ⁉」

三人分の、悲鳴染みた声。リノと、タイキと、シュンがぱっと手を伸ばしてくる。わたしは首を横に振った。そんな顔しなくても、だいじょうぶだよ。わたしは、わたしに帰るだけだから。

「ミホを、お願い」

ふわっと体が浮く。

覚えのある浮遊感。

吹き上げる冷たい風。

崖から落ちていく間、空が見えた。

星屑を、バケツでぶちまけたみたいな空。点描みたいな、空。それこそ、絵に描いたような夜空……ああ、だめだ。やっぱり、陳腐な表現しか、出てこないや……。

＊

わたしは草原に立っている。どこまでも広がる緑色の絨毯、真っ青な夏空、流れていく白い雲……ありがちな風景。昔親が使っていたパソコンの、デスクトップ画面みたいな緑色の地平線が、空との境界をくっきりと隔てている。

風が吹き抜けていく。夏草のにおいがする。気持ちよくなって、わたしは深呼吸をする。肺の隅々まで、青々とした新緑の香りが満ちていくのがわかる。そのまま仰向けに倒れ込むと、背の高い草がクッションになって、ふわっと体を受け止めてくれる。

「また来たんだ」

隣で誰かが言った。黒い髪の、ひどく見覚えのある少年だった。

「ケイタ」

わたしはその名前を呼ぶ。

「わたしのことだったんだね」

「なにが？」

「ケイタの、最後の願いって」

「ああ……うん。まあ」

ケイタが照れたみたいに頭をかいた。

「ミホには、ここに来てほしくなかったから」

「どうして？」

「ミホにはこんな世界より、みんなと過ごす世界の方が似合ってるよ」

わたしは上体を起こした。どこまでも鮮やかな草色の地平線が続いている。他にはなにもない。誰もいない。

「ここは結局、天国なの？」

ケイタが笑った気がした。

「おれ、天国行けるほど、いい子じゃなかったと思うな」

「家のこと？」

「まあ、それもあるし。あと、悪ガキだった。ミホに散々注意された」

「そうだったね」

覚えている。昨日のことのように。

「……どうして死んでしまったの？」

わたしは声を震わせた。ケイタはこっちを見なかった。

「どうしてだろうなあ」

その、どこか楽観的な調子が許せなくて、わたしは責めるように言葉を重ねる。

「みんな、悲しんだよ。たくさん、泣いた。あのリノだって泣いた。きっとケイタのご両親だって」

「そうだね。きっとそうだね」

「なによ。さっきから他人事みたいに！」

ケイタがこっちを見た気がした。

「……ミホは優しいね」

ケイタが笑う声がした。でももうその姿は見えない。背の高い草にまぎれて、ガサガサと音だけがする。

「ケイタ？　どこ？」

急に不安になって、わたしはあたりをきょろきょろと見回した。

「ごめん。おれもう行かなきゃ。今度こそ、行かなきゃ」

どこかから、声だけがする。ガサガサ、ガサガサ。

「ねえ、待って。待ってよ！」

わたしは叫んだ。

「ねえ、ケイタ……ケイタが死んだのって、やっぱりわたしのせい、」

ふいにぷつ、っとパソコンがシャットダウンされたみたいに、世界が真っ暗になった。


目を覚ますと、「真っ白」と目が合った。ついていない蛍光灯。タイル模様の天井。エアコンの吹き出し口。全部、白。真っ白。

横を向くと、窓があった。窓の外は、青だった。夏の青い空。入道雲はソフトクリームみたいにもくもくと、縦長に白く伸びている。

どこかでツクツクボウシの鳴き声がする。夏の終わりの、気配がする。いつのまにそんな時期になってしまったんだろう。

とても長い夢を見ていた気がする。

「お目覚め？」

声がした。窓と逆側に目を向けると、男の子が一人、椅子に腰掛けていた。ケイタとよく似ている。でもなぜか、体が透明で、反対側の景色が透けて見えている。顔をしかめて身を起こそうとし、そこで初めて、わたしは自分がベッドに寝ていることに気がついた。

「わたし、は……」

わたしはいったい、どうしたんだろう。どうしてこんなところで、寝ているんだろう。

「自分の名前、わかる？」

と少年が訊いた。わたしは一瞬ぽけっとしてから、ぼーっと記憶をなぞった。

「……みほ。花野、美穂」

口にした瞬間、なにかがすうっと体に入ってきたような気がした。はっとする。そうだ。わたしは十六年と少しの時間を生きてきた、花野美穂。あの日、ケイタを追って旅に出て、崖から落ちた、花野美穂だ。

でも同時に、わたしの中にはもう一つのミホの記憶があった。タイキや、シュンや、リノと一緒にケイタの足取りを追った、もう一人のわたしの記憶。だからわたしは、知っている。

「ケイ？」

キミの名前を、知っている。

「よかった。まだ見えるんだ」

ケイは淡く微笑んだ。

「……今日は、」

「八月三十一日。ここは病院で、キミは一か月近くずっと寝てたんだよ」

「さんじゅういち……」

夏休みが、終わる日。明日から、二学期。

ふっと実感が湧いてきて、わたしは慄《おのの》いた。色々な感情が、早送りされた夜景映像のテールランプみたいに飛んでいった。戸惑いと不信——自分がこの夏、ドッペルゲンガーだったこと。不安とためらい——旅をする中で知っていった、友だちの気持ち。そして悲しみと驚愕《きょうがく》——ケイタが、死んだこと。

ケイタにはもう二度と会えないことを、わたしは夏が終わる今日にして初めて知った。ケイタが死んだことを、今日初めて知った。知っていたはずなのに、ずっとどこか受け入れることができなかった。知っていたのはわたしであって、わたしじゃなかった。なにより、ケイの存在だ。夏の始めに現れた幽霊は、かつての幼馴染を鏡に映したようにそっくりで、だからその日からずっと、わたしは——あるいはわたしの半身が――ケイタの死を受け入れることを、先延ばしにしてきたのだ。でも、それももう……。

わたしは半透明のケイを見て、口を開きかけた。でも言いたい言葉はうまくまとまらなくて、結局出てきたのは無難な、現状を確認する短いセリフだった。

「……わたし、生き延びたんだ」

ケイが静かにうなずいた。

「冬だったら死んでいたって、医者は言っていたよ。わずかとはいえ、食糧と水を持っていたことも幸いした。あと数日発見が遅れていたら、それでももたなかっただろう、ともね」

自分が助かったのは幸運とみんなのおかげだった、ということか。

「……みんなは？」

「タイキとシュンとリノ？　毎日お見舞いきてたよ。ほら、その花も」

ケイの指差す方を見ると、枕元に向日葵《ひまわり》が生けられていた。わたしの好きな花だ。

「でも今日はさすがに宿題に追われてるんじゃないかな。今年ばっかりは、真面目なリノもほとんど手がつかなかったみたいだから」

ケイはクスクス笑った。笑っていいところなのかわからなかったけれど、なんだかほっとして、わたしも少し笑った。

「もうこの世界で僕が見えるのは、ミホだけだ」

ケイが何気なく言った。

「……そうなの？」

つい、乾いた声音になった。

「タイキにも、シュンにも、リノにも、僕の姿はもう見えない。いつぞやシュンが、過ごした時間の長さじゃないかって言っていたけど、そうだったのかもしれないね。キミが一番、ケイタと長い時間をともに過ごした。だから最後まで、僕が見えるんだろうね」

そうなんだろうか。わたしはそれを、誇ればいいの？ それとも……。

「浮かない顔だね」

「……だって」

すっきりしなかった。

結局ケイタの最後の願いは、わたしを助けることだったんだ。でもそれじゃ、ケイタにはいったい何が残るんだろう。わたしの命を助けたって、天国へ行くキミにはなにも起こらない。

「だって、ケイタは、わたしのせいで死んだ」

シュンも。タイキも。リノも。みんな、ケイタに対して罪悪感を抱えていた。自分は嫌われていたんじゃないかって。自分が、死の原因の一端を担ったんじゃないかって。でもたぶん、一番ケイタの死と近いところにいたのは、わたしだ。あのとき、わたしがケイタの手を摑まなければ。きっとケイタは、死ぬことはなかった。なにもしてあげられなかったどころじゃない。勝手についていった結果、結局ケイタを死なせてしまったのは、他でもないわたしなんだ。

「言うと思ったよ」

ケイが肩をすくめた。

「ケイタも、そう言うと思ったんだろうね。彼から、伝言を預かってるんだ」

わたしは弾かれたように顔を上げた。

「伝言？」

「そう。キミを助けたら伝えてくれって。ケイタの、本当に最後の願い。だから僕は、まだ消えずに残ってたのさ」

そう言って、ケイはふっと目を閉じ、もうほとんど透明になってしまった唇を開いた。

＊

ミホへ。これ聞いてるってことは、助かったってことだよな。よかった。おれのわがままに巻き込んだばっかりに死なれたら、本当に死にきれないところだった。ミホのことだから、自分が助かったことに負い目感じてるかもしれないけど、おれはミホに生きてほしかったんだから、それでいいんだよ。ちゃんと生きてください。

あまり長くは話せないから、一番言っておきたいことだけ話します。

ミホが一緒についてくるって言ったとき、おれ嫌そうな顔したかもしれないけど。ホントはすごい、嬉しかったよ。心強かった。それでやっぱり、嬉しかった。

家出しようって思ったとき、おれ、ミホの言う通り死ぬつもりだったのかもしれない。でもミホがついてきてくれたから、生きていられた。ついてきてくれたのが、ミホでよかった。一緒に見た星空は綺麗だったな。ずっと見たかったんだ、本物の天の川。ミホが行こうって言ってくれなかったら、一生見れないままだったと思う。ありがとう。

思えば、小さい頃から世話になりっぱなしでした。ミホの両親には、ホント感謝してる。夕飯食わせてくれたり、運動会のときとか、一緒にご飯食べたり写真撮ってくれたりして。本当の親よりも、よっぽど親みたいだった。ミホはお姉さんみたいだった、なんて言うとミホは怒るかな。でもおれにとっては、ミホの一家は本当に家族みたいなものだったよ。

タイキと、シュンと、リノにも、たくさん感謝してる。色々、謝っておいてほしい。せっかくキャンプ企画してくれたのに。喧嘩したまま、仲直りできなくて。ずっと、嫌な罪悪感を背負わせたこと。ごめんって。ミホにも謝らなきゃだな。許してくれないかもしれないけど、死んでしまって、ごめんなさい。

それから、もう一つ。あの山で言えなかったことを、ここで言っておきます。ひょっとしたら、もうバレてるのかもしれないけど。

好きです。

いつもお姉さんみたいに叱ってくれて。一緒に遊んでくれて。こんな自分の、友だちでいてくれて。感謝しています。怖くて言えなかったけど、そんな優しいミホのことが、ずっと好きでした。

本当に色々、ありがとう。ミホの命は、とても綺麗な命だと思います。その命を精一杯、生きてください。

*

わたししかいなくなった病室で、カーテンがゆらゆら揺れている。
少し開いた窓から、涼しい風が吹き込んでくる。
雨模様の病室は、消毒液と向日葵の香りに混じって確かに、秋の始まるにおいがした。
八月が終わる。そして、君のいない九月がくる——。

エピローグ
スタンド・バイ・ミー

「はい、チーズ」

祝・双町市成人式と書かれた看板の前で、Vサインを作ってにこっと笑う。パシャッとフラッシュがたかれて、電子的なシャッター音が数回鳴った。

「今ミホ、目つぶってたよ」

「え、うそ」

「大丈夫、何枚か撮ったから。よさそーなの後で送るね」

「ありがとう」

「あ、あたしのもお願い！」

デジカメを何度か交換して、パシャパシャと写真を撮った。袴姿《はかますがた》で撮られる写真はなんだか照れくさくて、だんだん笑みが引きつってきて文句を言われる。

「あれっ、ミホー！」

「わー、久しぶりー！」

小学校の同級生と、中学校の同級生は、中身があんまり変わらないから、○○小とかで集まっても結局は中学のメンツになってしまったりする。二十歳になっても、けっこうみんな変わらないんだ。むしろ見知ってる人の袴姿ほど、なんだか違和感があったりしておもしろい。

一通り写真を撮り終えて、わたしたちは会場から離れた。

「夜までどうするー？　どっかでお茶してく？　ね、ミホは？」

誰かが言って、わたしの袖をちょいちょいと引っ張った。

「あ、ごめん。わたしちょっと会いたい友だちいるから」

今日は一つ、大事な用事があるのだ。

「そ？　じゃあ、また後でねー」

「うん」

袴の袖をぱたぱたさせて通りに出ると、わたしはタクシーを呼び止めた。

双町からマチとは逆方面に下り電車で数駅、ウラサワという駅を越えると海が見えてくる。ウラサワの次はすぐに終点で、そこは海に面したこじんまりとした町になっている。

駅を出てバスに乗り、町はずれの小高い丘を目指した。ガタンゴトンと揺られるうちに海が眼下へ遠ざかっていって、やがてバスは小さな墓地の前で停車する。

バス停のところに、すでにタイキとシュンが来ていた。タイキは袴、シュンはスーツ姿だった。

「おー、ミホが袴だ」

タイキがからかうように笑って、デジカメを構えると写真を撮った。

「あ、こら。勝手に撮らないでよー」

「けっこう久しぶりだよね。会うの」

シュンがよっ、と手を挙げる。

「そうか？　夏にも会ったし、オレはそんな久々ーって感じしないけどな」

とタイキが笑った。去年の夏に、四人でまた烏蝶山に登ったのは確かに記憶に新しい。

「リノは？」

仕返しにタイキの袴姿をデジカメに収めつつ、わたしは訊いた。

「ちょっと遅れるって」

シュンが携帯を確認する。タイキが目を丸くした。

「珍しいな、あのリノが遅刻って。ミホ、成人式で会わなかったの？」

「うーん、見かけなかった」

会場は同じだったはずだけど。

「あ、来たよ」と、シュン。

「ゴメンゴメン。遅くなっちゃった」

次のバスから袴姿のリノが現れて「久しぶり」とはにかむように微笑んだ。


墓地の奥の方まで行くと、海を見下ろせる。ケイタのお墓は比較的端っこの方にあって、いつも潮風のにおいがしている。耳を澄ませば、かすかに波の打ち寄せる音も聞こえる。


ケイタの墓石の前まで行くと、すでに花が供えられていた。

「あの人、また来てたんだな」

タイキが言って、ビニール袋からお線香を取り出した。リノが持ってきた花を、そっと墓石の前に置く。

「生きていたら、今日が成人式だったものね」

缶ビールも一本置かれている。フタが空いていて、中身が半分くらい減っていた。墓石にかけたのだろう、石の表面が少し濡れている。

「結局のところ、親子だったたってことね」

リノがぽつりと言った。

「捜索届け出したのだって、あの人だったたんだし」

「うまく付き合えなかっただけなんだろうな、きっと」

ケイタの父親とは、一周忌のときに再び顔を合わせた。やっぱりケイタとはあまり似ていない、厳しそうな顔つきの、痩せぎすの男性だった。特に言葉は交わさなかった。憔悴したような、その土気色の顔だけが印象に残っている。きっとタイキの言う通りなのだろう。うまく息子と付き合えなかった。でもやっぱり本音のところでは、いなくなってしまえばいいなんて、思ってなかった。

「ケイタも大概不器用だったしな。この親にしてこの子ありってことなんだろうな」

タイキが線香に火をつけた。わたしは目を閉じて手を合わせた。願わくば、そんな父親の気持ちを、天国のケイタが知ってくれていればいいと思う。

「みんな成人したよ」

わたしは墓石に語りかけた。

「わたしとリノは袴。綺麗でしょ」

「オレも袴なんだけど」

墓石に耳を澄ますフリをして、わたしは笑った。

「……似合わないってさ」

「ひでえ」

「ケイタは、どっちだったかな」

とシュンがつぶやいた。

「何が？」

「袴かスーツか」

「スーツでしょ」

と、タイキ。

「似合いそうだよね。細身だったから」

リノが笑った。

他愛《たわい》もない話の中に、本当はケイタはいない。でもこの四人で会うと、不思議と五人いるように感じるときがある。あの夏の日から今日まで、見えないだけで、ケイタが……あるいはケイが、ずっとそばにいるのかもしれない。

ケイタの死から数年。それぞれが、それぞれの道へ進んだ。大人になった、なんて言えるほど、あの日から変わった気はしないけれど。それでもあの夏に停滞することなく、きちんと歩んでこられたのはきっと、あの旅でケイがそれぞれに残してくれた言葉のおかげだ。そしてそれはやっぱり、ケイタの言葉でもあったと、思うのだ。

「そろそろ行こうぜ」

とタイキが腰を上げた。

「またね、ケイタ」

リノが墓石を撫でる。

「じゃあな」

シュンが手を振った。

「成人、おめでとう」

わたしは残りのビールを墓石にかけて、空になった缶をビニール袋に詰め込む。

「また夏頃来るね」

それから青く透明に晴れた冬の空を見上げ、ありし夏の日の恋に、少しだけ思いをはせた。

おわり

あとがき

家出をしたことがありません。

子供の頃から、良くも悪くも現実的でした。いえ、現実的というより、想像力が逞《たくま》しかったのかもしれません。たぶん、家出をした後のことを「想像」できてしまう子供でした。子供が一人、家を飛び出して、いったいどこへ行けるというのでしょう。友だちの家？　親戚の家？　それとも野宿？　どれも叶《かな》わなければ、結局帰ってきて鍵のかかった家のドアの前で泣きつくのがオチです。いっときの解放感よりも、後で泣きつく惨めさを想像してしまう……余計なことはすまいという君子的思考だったのかどうか、今となってはわかりませんが、とにかく家出をすることなく大人になりました。まあ実際のところ、シンプルに臆病だっただけかもしれません。

現在は独り暮らしをしていますが、今でもたまに家出——という名の一人旅——をしようと思い立つときがあります。仕事も、人間関係も、大切な約束も——なにもかも投げ出して、あらゆるしがらみから逃げるように一人家を出て、どこか遠くに行ってみようと思うときがあります。でも結局家を出る前に、帰ってきた後のことを「想像」してしまうのです。色々面倒だろうなあ、と思うと、結局玄関で二の足を踏んでしまうのです。
今回は一つ、そんな「家出」を出発点に物語を作りました。自分が家出できなかったので、小説で家出させてやろうという魂胆です。厳密に言うと家出ではないのですが、旅の話ではあります。いわゆる「一夏の冒険」のつもりで書きました。青春小説という軸はブレていないので、そのテの物語がお好きな方はもちろん、今までの天沢《あまさわ》作品を楽しめた方にもお楽しみいただけるのではないかと思います。あと、スタンド・バイ・ミーの映画が好きな方にもきっと……一つ、本作でもテーマになっている作品なので。自分も、大好きな映画です（今年亡くなられたベン・E・キング氏に哀悼の意を込めて）。天沢夏月《なつき》でした。

二〇一五年　九月中旬

天沢夏月

著作リスト

サマー・ランサー（メディアワークス文庫）
吹き溜まりのノイジーボーイズ（同）
なぎなた男子!!（同）
思春期テレパス（同）
DOUBLES!! ―ダブルス―（同）
そして、君のいない九月がくる（同）

本書は書き下ろしです。

メディアワークス文庫

そして、君《きみ》のいない九月《くがつ》がくる

天沢夏月《あまさわなつき》

発行　2015年10月24日　初版発行
　　　2016年2月8日　3版発行

発行者　塚田正晃
発行所　株式会社KADOKAWA
〒102-8177　東京都千代田区富士見2-13-3
プロデュース　アスキー・メディアワークス
〒102-8584　東京都千代田区富士見1-8-19
電話03-5216-8399（編集）
電話03-3238-1854（営業）
装丁者　渡辺宏一（有限会社ニイナナニイゴオ）
印刷・製本　旭印刷株式会社

ISBN978-4-04-865530-9 C0193

メディアワークス文庫　http://mwbunko.com/
株式会社KADOKAWA　http://www.kadokawa.co.jp/

本書に対するご意見、ご感想をお寄せください。

あて先
〒102-8584　東京都千代田区富士見1-8-19　アスキー・メディアワークス
メディアワークス文庫編集部
「天沢夏月先生」係

◇◇メディアワークス文庫

サマー・ランサー
天沢夏月

竹刀を握れない天才剣士・天智の運命を変えたのは、一人の少女だった。強引でがさつ、だけど向日葵のような同級生・里佳に巻きこまれ、天智は槍道部に入部する。剣を置いた少年は今、槍を手にし、夏の風を感じる。

あ-9-1
192

吹き溜まりのノイジーボーイズ
天沢夏月

元吹奏楽部で現帰宅部の亜希は、担任の平野から旧講堂に吹き溜まるヤンキー達に吹奏楽を教えてほしいと頼まれる。怖じ気づく亜希だったが、下手ながらも音楽を楽しむ彼らに次第に引き込まれていく。熱血ヤンキーと女子高生が奏でる青春ストーリー。

あ-9-2
237

なぎなた男子!!
天沢夏月

「なぎなたをやってみませんか?」屋上で青春を無駄遣いする元剣道部員の翔達4人組。だが、新任教師の言葉で彼らの日々が変わる——。競技人口9割が女子のなぎなたに、冴えない高2男子達が青春をかける爽やかストーリー!

あ-9-3
295

思春期テレパス
天沢夏月

「そのサイトに空メール送ると、友達の〝本音〟を教えてくれるんだって」。秀才の大地、お調子者の学、そしてボーイッシュな翼は、気の合う三人組。だけど、翼の恋に関する本音がメールで届いたことで、3人の関係は変わっていき——。

あ-9-4
328

DOUBLES!! —ダブルス—
天沢夏月

プレースタイルも真逆で、コートで向かい合った初日から、お互いのことが何から何まで気に食わない駆と琢磨。そんな二人に、「ダブルス組んでみろ」と部長命令が下り——。部活に青春の全てを捧げる、熱血テニス物語!

あ-9-5
361